DESEO

KIMBERLEY TROUTTE
Un escándalo muy conveniente

Editado por Harlequin Ibérica.
Una división de HarperCollins Ibérica, S.A.
Núñez de Balboa, 56
28001 Madrid

© 2019 Kimberley Troutte
© 2019 Harlequin Ibérica, una división de HarperCollins Ibérica, S.A.
Un escándalo muy conveniente, n.º 168 - 16.8.19
Título original: A Convenient Scandal
Publicada originalmente por Harlequin Enterprises, Ltd.

I.S.B.N.: 978-84-1328-196-4
Depósito legal: M-20702-2019
Impreso en España por: BLACK PRINT
Fecha impresion para Argentina: 16.2.20
Distribuidor exclusivo para España: LOGISTA
Distribuidor para México: Distibuidora Intermex, S.A. de C.V.
Distribuidores para Argentina: Interior, DGP, S.A. Alvarado 2118.
Cap. Fed./Buenos Aires y Gran Buenos Aires, VACCARO HNOS.

MIXTO
Papel procedente de
fuentes responsables
FSC
www.fsc.org
FSC® C108412

Capítulo Uno

Jeff Harper apoyó la frente en el gran ventanal del salón y miró hacia la nube de periodistas que se había congregado abajo. Desde aquella altura, a veintidós pisos por encima de Central Park, era imposible que le hicieran fotos, pero en cuanto saliera del edificio, atacarían. Todo lo que dijera o dejara de decir se usaría para hundir su prometedora carrera.

Cuánto odiaba fracasar.

Hasta esa semana, Jeff había soportado la invasión de su intimidad y había aprendido a usar las cámaras en su propio beneficio. La prensa lo perseguía por todo Nueva York porque era el último soltero de Industrias Harper y crítico de hoteles en el programa *Secretos entre sábanas*. Los paparazzi le hacían fotos de todas sus citas como si cada una de ellas fuera su amor definitivo. Su nombre había aparecido durante los tres últimos años en la lista de los solteros de oro. En las entrevistas siempre decía que no había ninguna mujer especial y que no pensaba casarse nunca. ¿Por qué acabar como sus padres?

Se había llevado bien con la prensa hasta que había visto su trasero en la portada de un tabloide bajo el titular: *Crítico de hoteles implicado en escándalo sexual.*

Escándalo sexual. Ya le gustaría.

El vídeo incriminador se había hecho viral y su programa había sido cancelado. Todo lo que había construido, su carrera, su reputación, su pasión por la industria hotelera, habían saltado por los aires. Si no arreglaba aquello, nunca recuperaría lo que había perdido.

Solo una persona podía darle trabajo en aquellas circunstancias, pero se había prometido no pedirle nada nunca.

Puso mala cara y marcó el número. Contestaron al primer timbre.

—Jeffrey, estaba esperando tu llamada.

Lo cual no era una buena señal, teniendo en cuenta que Jeff nunca le llamaba. Tragó saliva.

—Hola, papá. Me estaba preguntando… ¿Todavía piensas construir ese hotel?

Un año antes, cuando su hermano había vuelto a la casa de Plunder Cove, su padre le había ofrecido encargarse de convertir la mansión familiar en un exclusivo *resort* de cinco estrellas. Le había gustado la idea más de lo que había estado dispuesto a admitir. Diseñar un hotel, construirlo y dirigirlo, había sido su sueño desde niño. Pero era más que eso. No podía explicar con palabras por qué convertir la casa donde había pasado su infancia en un lugar seguro le era tan importante. Nadie entendería por qué rediseñar el pasado significaba tanto para él. Aun así, había rechazado el ofrecimiento de su padre porque RW era un padre cruel y egoísta que nunca había respetado a Jeff.

—Lo has reconsiderado —afirmó RW.

—¿Acaso tengo otra opción?

4

–Estupendo.

Su padre parecía contento. La presión que Jeff sentía en el pecho se aflojó al darse cuenta de que no iba a tener que suplicarle que le diera trabajo.

–Estaré ahí mañana.

–Hay una condición.

Debería haberlo imaginado. Aquellas tres palabras le pusieron los pelos de punta.

–¿Cuál?

–Tienes que mejorar tu imagen. He visto el vídeo, hijo.

Jeff empezó a dar vueltas por la habitación.

–No es lo que parece.

–Es un alivio, porque parece que fue un polvo rápido con una camarera del hotel Xander Finn. Eso es muy bajo, hijo. Los Harper reservan suites.

–Había reservado una suite –dijo Jeff entre dientes.

Solo que no había tenido tiempo para usarla porque estaba trabajando de incógnito para evidenciar una injusticia social. A Jeff le importaba la gente y aprovechaba su influencia y su programa para hacer el bien. El gran RW nunca comprendería por qué Jeff estaba dispuesto a desenmascarar a los supermillonarios como Xander Finn.

Unas semanas antes, Finn había prohibido al equipo de *Secretos entre sábanas* entrar en su hotel más caro de Manhattan. La amenaza había hecho que Jeff sospechara que tenía algo que ocultar. Había grabado aquel episodio él solo y lo que había descubierto mostraría a los espectadores cómo los clientes de uno de los hombres más ricos de Nueva York eran estafados.

Poco sabía entonces que estaba a punto de convertirse en el hazmerreír de internet.

—Hay que cuidar la imagen si quieres triunfar —seguía diciendo RW al otro lado de la línea—, y la tuya necesita una buena puesta a punto, Jeffrey. ¿Acaso no sabías que los hoteles tienen videocámaras en los ascensores?

—Por supuesto que sí. ¡Me tendieron una trampa!

Jeff apretó los dientes para evitar contarle lo que de verdad había pasado en el ascensor. Al fin y al cabo, su padre nunca lo había protegido de niño, ¿por qué iba a hacerlo ahora?

—Espera. ¿Cómo sabes que estaba en el ascensor de Finn? ¿Acaso te ha mandado el vídeo completo?

—Xander y yo nos conocemos desde hace mucho tiempo. Siempre ha sido insoportable. No, no lo he visto completo, pero me asegura que se pone peor. Tengo la sensación de que no quieres que el público vea lo que pasa a continuación, ¿me equivoco?

Jeff resopló. Si el resto del vídeo se hacía público, no habría vuelta atrás.

—¿Qué quiere?

—Apuesto a que lo adivinas.

Jeff se frotó la nuca.

—Todo lo que grabé en su hotel.

—Bingo. Y una declaración en televisión diciendo que su hotel es el mejor que conoces. Xander quiere humillarte.

—Por ahí no paso. Es uno de los peores hoteles en los que he estado. Piensa en la gente que ha ahorrado durante años para ir de vacaciones a un hotel lujoso. No, es inaceptable. No estoy dispuesto a dejar que nadie me amedrente.

–Entonces tenemos un problema –dijo RW.

–¿Tenemos?

–Industrias Harper tiene una reputación que mantener y unos accionistas a los que complacer. No podemos ir por ahí contratando a un loco del sexo que…

–¡Papá! Me tendieron una trampa.

–Si no te hubieran grabado, no te estarían haciendo chantaje. Has metido la pata.

Eso era lo que esperaba de su padre cuando había contestado. Aquel tono de superioridad y condena eran habituales en RW Harper.

–El chantaje solo funciona si me dejo amedrentar, y no estoy dispuesto a hacerlo.

–Piénsalo bien –dijo RW–. Te están amenazando con divulgar el vídeo hasta que te avengas a sus condiciones. Con esa mala prensa, nunca volverás a trabajar en la industria hotelera de Nueva York, ni en ningún otro sitio, ni siquiera conmigo.

–Entonces, me tiene pillado –concluyó Jeff, pellizcándose el puente de la nariz.

–No si contraatacamos con publicidad positiva. Hay que hacerlo rápidamente para evitar que afecte al proyecto de Plunder Cove. Le prometí a la gente del pueblo un porcentaje de los beneficios, y tengo intención de cumplir mi palabra.

–¿Así que lo que más te molesta de lo que me ha pasado es que la gente del pueblo no reciba su parte?

–Los Harper estamos en deuda con ellos, hijo.

Jeff sacudió la cabeza. Los Harper eran unos piratas, unos aprovechados. Entre sus antepasados había bucaneros y grandes terratenientes que en otra época fueron los dueños y señores de los habitantes del pueblo. RW era tan miserable como las generaciones que lo había precedido, y lo único que le preocupaba era incrementar los beneficios de Industrias Harper. Su ambición había destruido a su familia.

«¿Y ahora papá quiere donar una parte de los beneficios a un puñado de desconocidos? ¿A qué viene esto?». Jeff no creía que al gran magnate del petróleo se le hubiera ablandado el corazón.

—¿Por qué ahora? —insistió Jeff.

—Tengo mis razones y no son asunto tuyo.

Aquel comentario se parecía más al padre que recordaba. Seguramente, tenía pensado estafar a la gente del pueblo. El RW que Jeff conocía era un genio jugando sucio y consiguiendo todo lo que quería.

—Tienes que elegir entre aceptar las condiciones de Xander o aceptar las mías. Juntos podemos vencerlo jugando su mismo juego.

—Te escucho.

—Tenemos que mostrar al público un respetable Jeffrey Harper, un exitoso promotor de hoteles. Serás el empresario modelo al que todos admirarán. Los accionistas se convencerán de que has sentado la cabeza y que estás preparado para llevar esta nueva línea de negocio de Industrias Harper.

—¿Cómo?

—Con un contrato firmado ante testigos.

—¿Qué clase de contrato? —preguntó Jeff frunciendo el ceño.

—Uno a largo plazo, del tipo «hasta que la muerte os separe».

Jeff se dejó caer en el sofá.

–No pienso casarme.

–No puedes seguir siendo un playboy de por vida. Es hora de que sientes la cabeza y formes una familia.

–¿Como tú? ¿Y cómo te ha resultado a ti, papá?

Jeff nunca perdonaría a sus padres el infierno que había sufrido junto a su hermano y hermana.

RW permaneció callado.

–Voy a contratar a un jefe de proyecto al final de esta semana. Cuando el hotel esté listo, contrataré a un director también. Si aceptas mis condiciones, los dos puestos son tuyos. Si no, tendrás que buscarte la vida tú solo en Nueva York.

«Me las he arreglado yo solo desde que con dieciséis años me echaste de casa, viejo».

–Considéralo –prosiguió RW en tono más amable–. El hotel que inauguremos en Plunder Cove será un legado familiar. Ya sabes que no soy muy confiado, pero estoy convencido de que lo harás bien.

Aquellas palabras lo sorprendieron. Nunca había oído a su padre decir algo así. Quería creer lo que su padre decía, pero era muy difícil olvidar cómo había sido siempre RW.

–Venga, papá, no esperarás que me case.

–Te daré unos cuantos días para que lo pienses.

Los ataques en las redes sociales no terminarían nunca a menos que luchara. El ridículo plan de su padre era lo único que tenía un poco de sentido.

–¿Habéis empezado a buscar un chef?

–¿Quieres casarte con un chef?

–No, quiero contratar uno. Un complejo hotelero exclusivo necesita un buen restaurante. Así es

9

como se echa a rodar. Es más fácil montar un restaurante que un hotel, y si es bueno, enseguida se corre la voz. Búscame unos cuantos candidatos de entre los mejores restaurantes del mundo y hazles una oferta que no puedan rechazar. Yo valoraré sus habilidades culinarias y elegiré a uno.

–¿Un concurso? ¿Quieres enfrentarlos entre sí?

–Considéralo parte de la entrevista. Veremos a ver quién soporta mejor la presión. Quiero un chef capaz de trabajar bajo presión.

RW emitió un silbido, como hacía cada vez que algo no le agradaba.

–Debes casarte, es mi única condición. No me importa quién sea siempre y cuando te haga parecer respetable.

Jeff no quería una esposa, quería un hotel. Tenía que convertir Plunder Cove en el mejor lugar del mundo, y así recuperaría su dignidad.

El productor de *Secretos entre sábanas* llevaba años tratando de convencerlo para que hiciera un programa sobre la mansión familiar. ¿Por qué encumbrar un lugar que seguía provocándole pesadillas? Aunque dada la situación, el hogar de su infancia podía ser lo único que le ayudara a reconducir su carrera.

–De acuerdo. Mi equipo puede filmar la ceremonia en los jardines o en la playa. El banquete lo haremos en el nuevo restaurante. Será la mejor publicidad para el hotel.

–Bien pensado, me gusta –dijo RW.

«Pues espera, que es solo la primera parte del plan». Su padre no tenía que saber que iba a concederle a su productor la boda televisada a cambio de algo mucho más importante: el episodio final editado de *Secretos entre sábanas*. Jeff deseó por enésima vez no haberle dado las imágenes no editadas al productor del programa. No se había quedado con una copia y ahora no tenía con qué negociar frente a Finn. Pero no por mucho tiempo. Una vez que Jeff tuviera la grabación, la publicaría en todas las redes sociales. El chantaje se acabaría y todo el mundo sabría por fin lo que Finn había hecho a sus clientes y a Jeff. Nadie atacaba a los Harper y se regodeaba en ello. Jeff sonrió.

Michele Cox se acurrucó en la cama junto a su hermana y empezó a leer el cuento favorito de Cari, como cada noche. *El caballo mágico de Rosie* versaba sobre una niña que salvaba a su familia buscando en su caballo de piruleta un tesoro pirata.

Esa noche, Cari se había dormido antes de que Michele llegara a la parte de los piratas. Aun así, siguió leyendo. A veces, ella también disfrutaba con las fantasías. Cuando cerró el libro, se levantó sigilosamente de la cama para no despertar a su hermana.

–Dulces sueños, pequeña vaquera –dijo, y la besó en la frente.

Abatida, avanzó por el pasillo hasta el puesto de las cuidadoras.

–Llamaré y le leeré cada noche –le dijo a la favorita de Cari–. Tiene mi número. Avíseme inmediatamente si vuelve a tener mocos.

Cari era propensa a la neumonía y había sufrido varios episodios.

–No se preocupe, estará bien. Está acostumbrada a la rutina y está a gusto aquí. Cuidaremos bien de ella.

Michele sintió que el estómago se le encogía. Cari había tardado seis meses en hacerse a aquella residencia, seis largos y dolorosos meses. ¿Qué pasaría si no pudiera pagar para tenerla allí?

–Gracias por cuidar de ella. Es todo lo que tengo –dijo, y se secó una lágrima.

–Oh, cariño. Quédese tranquila, se lo merece.

¿Merecérselo? No, Michele era la que lo había estropeado todo y la que había perdido el dinero que su hermana necesitaba, y por ello se sentía mal.

Condujo hasta su apartamento, se sirvió una copa de vino y se sentó a la mesa de su cocina. Se sentía muy sola. Desde que su madre murió, seis meses atrás, estaba a cargo de su hermana. Su padre había muerto cuando ella tenía diez años. Cari necesitaba atención médica y para eso necesitaba de los fondos que le había robado su supuesto socio. Solo había una manera de arreglar el tremendo caos que había originado.

Tomó uno de los sobres.

–*Industrias Harper* –leyó y sacó de dentro la solicitud de empleo–. *Los candidatos cocinarán y serán juzgados por Jeffrey Harper.*

El estómago le dio un vuelco.

A Michele no le gustaba su programa ni la actitud de aquel playboy. Bastantes hombres arrogantes había tenido que soportar en su carrera. Lo había dado todo al cocinero jefe con el que había trabajado y ¿qué había conseguido? Acabar pobre y sola. Debido a él había perdido las ganas de cocinar, el último vínculo que tenía con su madre. Con ella había empezado a cocinar a los siete años. Juntas, habían disfrutado en la cocina. Sus mejores recuerdos eran en aquella estancia cálida y llena de olores. El resto de la casa le traía malos recuerdos: cáncer, pastillas, muerte. En la cocina se sentía a salvo, como entre los brazos de su madre.

De niña, Michele había probado nuevos platos con su madre y Cari. La había animado a participar en concursos gastronómicos y, los había ganado todos. La prensa local la había bautizado como «niña prodigio» y «Picasso de la cocina».

Sin embargo, ahora se sentía vacía. Había perdido la pasión. ¿Y si no recuperaba su don, el único talento que tenía y del que vivía?

Si Michele Cox no podía ser chef, ¿qué otra cosa haría?

Golpeó con el bolígrafo la solicitud para Industrias Harper. ¿Podría fingir? Jeffrey Harper era un crítico famoso que destruía a todo aquel que no fuera de su gusto. ¿Sabría distinguir entre cocinar con pasión y la cocina tradicional? Si así era, acabaría con ella. Pero en caso contrario…

El puesto de chef de Harper venía con una prima por adelantado de veinte mil dólares. Con ese dinero, Cari podría continuar su terapia con los caballos. La equinoterapia era beneficiosa para personas con síndrome de Down, y Michele se había sorprendido de cómo su hermana se había entusiasmado desde el primer momento en que había acariciado un poni. Las capacidades cognitivas, motoras y sociales de Cari habían florecido. Pero las clases no eran baratas ni tampoco el alojamiento y las facturas médicas. Apenas le quedaba dinero en su cuenta bancaria.

Si Industrias Harper no la contrataba, las dos acabarían viviendo en la calle.

Firmó la solicitud y pasó al último apartado. Tenía que grabar un vídeo contestando a la pregunta de por qué quería trabajar en Industrias Harper. Se irguió, miró a la cámara del ordenador y apretó el botón para grabar.

—Quiero trabajar en Industrias Harper porque necesito creer que algo bueno puede pasarle a la gente buena.

Detuvo la grabación. A punto estuvo de soltar lo que había pasado en Alfieri´s. Se frotó las mejillas, respiró hondo y lo intentó de nuevo.

—Me llamo Michele Cox y he sido chef en el restaurante de cinco tenedores Alfieri´s, de Manhattan. Voy a incluir algunos artículos sobre los premios que me han concedido y otros reconocimientos, aunque no es por eso por lo que me dedico a cocinar. La alimentación, señor Harper, es una medicina muy poderosa. La buena cocina hace que la gente se sienta mejor. Eso es lo que me gusta, hacer que los clientes se sientan felices y queridos, y es lo que quiero para su restaurante. Por eso, espero que me dé una oportunidad. Gracias.

No había estado mal. Antes de que pudiera cambiar de idea, apretó el botón de enviar y cerró el sobre con la solicitud para enviarlo por correo urgente junto a los artículos de prensa que había mencionado. Estaba decidida a olvidarse de Alfieri´s.

Una buena persona debería tomarse una pausa de vez en cuando. Eso era todo lo que necesitaba.

Capítulo Dos

Michele corrió tan rápido como pudo por el aparcamiento, tratando de no romperse la cabeza con aquellos tacones y la maleta. Había llegado a Los Ángeles el día anterior y había pasado la noche en un hotel cercano para asegurarse de no perder el vuelo a Plunder Cove. El taxista se había equivocado de terminal y se le estaba haciendo tarde. El corazón se le salía del pecho al llegar a la puerta de embarque.

–Por favor, dígame que no es demasiado tarde.

–Nombre.

–Michele Cox. Se supone que hay un avión de Industrias Harper que me va a llevar a…

–La están esperando.

–Por aquí –le indicó una mujer vestida de azul–. Vaya, se la ve azorada. Podrá refrescarse en la suite privada, pero no le va a dar tiempo a ducharse. El señor Harper la está esperando.

Una puerta se abrió y Michele se encontró en una lujosa sala de espera. Había cinco mujeres charlando y tomando champán.

–¿Señorita Cox? –la llamó una voz desde el fondo del pasillo–. Casi me voy sin usted.

El corazón se le quedó parado hasta que se dio cuenta de que no era Jeffrey Harper. Era un hombre guapo, alto, moreno y de hombros anchos.

También casado, a la vista de la alianza. No tenía ni idea de quién era ni de por qué sabía su nombre.

—¡Lo siento!

Su maleta perdió una de las ruedas. La tomó por el asa y siguió tirando hasta él.

—Gracias por esperar. La terminal internacional estaba abarrotada y… ¡Vaya!

El tacón del zapato se partió y a punto estuvo de torcerse el tobillo.

—¿La terminal internacional? ¿Ha venido corriendo desde allí? Ande, deje que me ocupe.

Tomó su maleta y se la entregó a un agente mientras ella recuperaba el aliento y el tacón roto.

Luego, miró a su alrededor. Cuando vio a una atractiva mujer junto a la barra hablando en francés, el corazón le dio un vuelco. Era la chef Suzette Monteclaire, la reina de la cocina francesa. ¿Qué estaba haciendo en el salón privado de los Harper?

—Bueno, ya estamos todos —anunció el hombre, elevando la voz para hacerse oír—. Voy a presentarme. Soy Matt Harper, el hermano de Jeff y el piloto que va a llevarlas hasta Plunder Cove. Antes de que subamos al avión, ¿tienen alguna pregunta?

Las mujeres se miraron entre ellas. Michele tuvo un mal presentimiento y levantó la mano.

—Dígame, señorita Cox.

—¿Todas somos candidatas al puesto de chef?

—Eso parece —respondió Matt, encogiéndose de hombros.

—No lo entiendo. Pensé que solo había un puesto vacante.

—Yo también —convino otra de las mujeres—. ¿Por qué estamos todas aquí?

Una de las mujeres del centro del grupo sonrió. Era morena y tenía los ojos verdes.

–Es un concurso. La ganadora trabajará con Jeffrey Harper –contestó otra que Michele reconoció como Lily Snow, chef del lujoso restaurante chino de Manhattan China Lily.

–¿Se trata de un programa de cocina, verdad? –preguntó una mujer con acento sueco.

Tenía el pelo rubio claro y sus ojos destacaban como zafiros. Era alta, esbelta y muy guapa. Michele trató de secarse discretamente el sudor. ¿Sería capaz de mostrarse como la gran chef que había sido no solo ante él sino ante toda América?

–No sé de qué va todo esto, yo solo debo llevarlas a Plunder Cove –dijo Matt–. Si no es esto lo que esperaban, les doy la oportunidad de echarse atrás. Me ocuparé de que las lleven de vuelta a la terminal y les pagaré el billete de regreso.

Viendo a todas aquellas adversarias, a punto estuvo Michele de volverse a Nueva York. Pero necesitaba aquello tanto por Cari como por ella. Así que permaneció inmóvil, al igual que las demás.

–Estupendo, pues síganme al avión.

Tres horas más tarde, la limusina con las seis candidatas tomó el largo camino de acceso.

–¡Ahí está! –exclamó una de las mujeres–. Casa Larga.

Michele miró por la ventanilla tintada y vio una mansión que parecía sacada de una revista. Era más grande que en las fotos. Las mujeres empezaron a hablar todas a la vez, pero Michele se limitó a tragar saliva. Debería haberle tomado la palabra a Matt Harper y haberse dado media vuelta.

—Jeff es un tipo muy atractivo —dijo una.

Michele estaba de acuerdo, pero ¿qué importaba? No quería un playboy ni un tipo arrogante como jefe. Quería que Jeffrey la contratara, pero que se quedara fuera de su cocina. Le había llamado la atención que todas las candidatas fueran mujeres. ¿Por qué no había ningún hombre?

La limusina se detuvo y las mujeres salieron.

—Bienvenidas a Casa Larga, en Plunder Cove —dijo una mujer de voz melodiosa, vestida de amarillo—. Soy la hermana de Jeff, Chloe Harper. Voy a ayudarlas a instalarse. Compartirán habitaciones de dos en dos. Síganme y les enseñaré la casa.

Atravesaron una puerta doble que daba a un enorme vestíbulo.

—Les daré un horario para que sepan cuándo tendrán que preparar sus platos. Tiene que ser un plato único, el que mejor sepan hacer.

La mujer con el pelo rubio claro levantó la mano. Se llamaba Freja.

—Maquillaje y vestuario antes, ¿no? Mis fans me verán desde Suecia. Ellos también pueden votar, ¿verdad?

Una oleada de pánico se apoderó de Michele. No se le había pasado por la cabeza que aquello fuera a ser un concurso, mucho menos que fuera a ser televisado. Si fracasaba ante el mundo entero, sería el final de su carrera.

—Esto no es un programa, es un concurso —aclaró Chloe—. Jeff decidirá cuál de ustedes será la chef de su restaurante. No habrá votos de fans.

El corazón de Michele recuperó el ritmo normal, hasta que Chloe continuó hablando.

–Vendrá un equipo de televisión una vez el restaurante esté en marcha. Quienquiera que Jeff elija, tendrá que estar preparada ese día para soportar un montón de cámaras.

Incluso sabiendo eso, Michele deseó ser la elegida. Aquel empleo era el camino a la estabilidad económica, la única manera de asegurar el bienestar de Cari. Tenía que convencer a Jeffrey Harper de que ella era la más adecuada para el puesto.

Jeff estaba hombro con hombro con Matt, observando desde el rellano de la escalera a Chloe precediendo a las mujeres.

–¿Estás seguro de tu plan, hermano? ¿Vas a casarte cuando el restaurante se abra?

–No tengo otra opción, ese es el acuerdo.

–El matrimonio no es un acuerdo empresarial, es un vínculo muy especial. Con Julia estoy descubriendo facetas en mí que desconocía.

–Eso me suena a buen sexo.

–Deberías intentar encontrar el amor, es lo único que te digo.

Por mucho tiempo que dedicara, Jeff no encontraría el tipo de conexión que Matt había encontrado con Julia, su esposa.

Las chefs pasaron por debajo de donde estaba, todo un desfile de bellezas y talento. Ninguna parecía haberse dado cuenta de que las estaba observando. Lo cierto era que no quería tener contacto con ellas hasta haber juzgado sus platos. ¿Para qué

malgastar el tiempo conociéndolas sin antes conocer sus habilidades culinarias?

Cuando la última mujer pasó, se detuvo y alzó
la vista. Su mirada se encontró con la de él. Ladeó ligeramente la cabeza y la luz de la lámpara de
araña se reflejó en su melena rubia, emitiendo los
mismos brillos que un diamante.

Lo saludó con la mano y él le devolvió el saludo.
Luego sonrió y desde donde estaba vio sus hoyuelos. Era la imagen más pura que había visto nunca.

Se apresuró a unirse a Chloe y en un abrir y
cerrar de ojos desapareció de su vista.

–Tierra a Jeff –dijo Matt, dándole un suave golpe en la cabeza.

–¿Iba cojeando? –preguntó Jeff, volviéndose a
su hermano.

–¿Has oído algo de lo que te he dicho? Eso es lo
que te estaba contando, que va cojeando porque
se le ha roto un tacón porque ha tenido que correr
para no perder el vuelo.

Jeff seguía pensando en su sonrisa y en aquellos
hoyuelos.

–Ha corrido más de un kilómetro con esos tacones. No sé del resto, pero no hay ninguna duda de
que es una mujer fuerte como un toro.

–¿Cómo?

–Es lo que dice mi esposa.

–Te gusta repetir esa palabra, ¿verdad?

–¿Cuál?

–Esposa.

–Sí, tú también disfrutarías si encontraras a tu
mujer perfecta. Pero no dejas que nadie se te acerque. Sé tú mismo y encuentra el amor.

–No soy como tú, nunca lo he sido. Julia y tú estáis hechos el uno para el otro, os conocéis desde niños. Mujeres como Julia no existen.

–No la has encontrado porque no dejas que te conozcan. Demuestra cómo eres sin cortinas de humo ni espejismos, sin disfraces ni adornos. Tan solo dos personas normales siendo… normales. Puedes empezar por esa mujer detrás de la que se te han ido los ojos. Además de su trasero y de su bonita cara, hay algo interesante en Michele Cox.

–¿Esa era Michele Cox, de Alfieri´s? Su pollo a la *cacciatore* es el mejor que he probado nunca.

–¿Puedo opinar también? –preguntó Matt sonriendo, y pasó el brazo por el hombro de Jeff.

–No lo has entendido bien, no voy a casarme con ninguna de esas mujeres. Pero creo que voy a contratar a Cox. Una vez la vi en un programa. Pone mucha pasión en la cocina. Era poesía en acción.

–¿Poesía en acción? –repitió Matt, ladeando la cabeza–. Creo que te ha impresionado.

Después de verla en televisión, había decidido ir a su restaurante. Una noche, incluso le había pedido a Alfieri que se la presentara, pero ya se había marchado. La siguiente vez que había ido, tampoco estaba, y se había llevado una desilusión.

–Lo veo en tu cara. Te gusta –dijo Matt.

–Pero si no la conozco.

–Ahora tienes la ocasión. Te reto a que la invites a salir.

–¿Qué es esto, el instituto? No me interesa. Lo único que necesito es un chef y una esposa que cumpla las condiciones de papá.

–Así no vas a encontrar el amor.

21

–Vaya, ¿estabas enamorada de él?

¿De aquel genio creativo? Adoraba esa faceta de él, pero como persona era terrible.

–Es quince años mayor que yo, con mucha vida y experiencia. Yo era una inocente jovencita de Indiana que había llegado a Nueva York para perfeccionar mis habilidades culinarias. Alfieri se convirtió en mi mentor. Como le debía tanto, pasé por alto… obvié sus defectos. Hasta que las cosas se pusieron demasiado tensas.

Se le quedó seca la boca y tomó la botella de agua de la mesa con manos temblorosas. Aquel hombre todavía la asustaba y trató de apartar aquellos recuerdos.

–¿Qué ocurrió?

Quizá fuera porque estaba lejos de casa o por lo atenta que era Lily, el caso es que sentía que podía confiar en ella.

–Le amenacé con marcharme porque una parte de mí estaba desapareciendo.

Por su culpa, cada vez que entraba en una cocina, dudaba de sus habilidades.

–Se disculpó por su comportamiento –continuó–, y me prometió que trataría de controlar su ira. Me pidió que me quedara. Luego, me ofreció ser su socia. Iba a abrir un segundo restaurante y me dijo que podía ser la jefa de cocina. Rara vez nos tendríamos que ver y podría llevar las riendas de ese segundo restaurante. Era un sueño hecho realidad. Accedí y le di todos mis ahorros para formar parte de la sociedad. Confié en él y cometí una tremenda equivocación. Resumiendo, contrató a otro chef sin consultarme. Así que presenté mi renuncia y pedí que me devolviera mi dinero. Me dijo que no sabía de qué estaba hablando, pero que podía contratar un abogado si quería. Sabía que no podía pagarme un abogado. Fui una tonta por confiar en él.

–Espero que Alfieri tenga su merecido por haberte tratado de esa manera.

Michele se secó las lágrimas. Lily era la primera persona a la que le confiaba aquello. No le gustaba hablar de Alfieri porque se sentía avergonzada. Debería haber dejado el restaurante mucho tiempo antes, pero se había dejado engatusar y se había creído sus excusas. Debería haber desconfiado de alguien tan egoísta y arrogante. No volvería a cometer el mismo error.

La puerta de la terraza se abrió y Michele se sobresaltó.

–Aquí estáis las dos –dijo Chloe al verlas–. Lily, te toca cocinar esta noche. Por favor, baja a la cocina en treinta minutos. Michele, tú lo harás mañana al mediodía. Buena suerte a ambas.

Buena suerte era lo que necesitaba desesperadamente, e iba a dejarse la piel para conseguirla.

Jeff daba vueltas por la cocina.

Las dos primeras chefs habían hecho unas creaciones culinarias magistrales. Ambas eran inteligentes y tenían mucho talento, y les había dado una puntuación de cinco sobre cinco. Cualquiera de los dos platos sería perfecto para su nuevo restaurante. El único problema era que no había conectado con ninguna.

¿Quién era la siguiente? Miró su cuaderno y leyó los nombres. El penúltimo llamó su atención: Michele Cox. Sintió un pellizco en el estómago. Sacó su móvil y marcó el número de Chloe. Su hermana también había vuelto a casa recientemente y le estaba ayudando en la selección de la candidata.

–¿Qué tal va todo? –preguntó Chloe–. ¿Estás preparado para Tonia?

–Llama a Michele Cox.

–No le toca hasta la comida de mañana.

No podía esperar tanto.

–Adelántala.

–Claro, me gusta. Es tan… no sé…

–Radiante –dijo sin pensar.

–¡Eso es! Sus ojos, sus hoyuelos… Emite luz. ¿La conoces?

–Apenas, pero no le digas que he dicho eso. Si sus habilidades culinarias no cumplen mis expectativas, la mandaré de vuelta a casa como a las otras dos.

–¿Ya las estás echando? Quédate donde estás. Voy para allá –dijo y unos segundos más tarde apareció en la cocina–. ¿En serio, las echas como si tal cosa? A las dos primeras apenas les has dado una oportunidad y una de ellas era la favorita de papá, la hija del jeque.

–La decisión no es de papá, es mía. ¿Por qué malgastar su tiempo y el mío?

–Porque es solo otro ejemplo más de que no dedicas tiempo a conocer gente. ¿Alguna vez dejas que alguien se te acerque, Jeff?

–¿Qué significa eso?

–Estoy preocupada por ti. ¿Cuándo fue la última vez que conectaste con alguien?

–No tengo tiempo para tener relaciones.

–Pues vas a tener que buscarlo o acabarás siendo un viejo solitario y refunfuñón. En la vida, no todo es trabajo –dijo Chloe, y suavizó su comentario con una sonrisa.

No le apetecía hablar con su hermana del vídeo sexual. Poca gente sabía lo que realmente había ocurrido en aquel ascensor y quería que así siguiera siendo.

–Estoy bien.

–¿De verdad? ¿Después de lo que mamá te hizo? De los tres, tú fuiste el que se llevó la peor parte. Yo todavía tengo pesadillas de aquella noche en el cobertizo.

–¿Cómo es posible? Tenías tres años.

–Me acuerdo muy bien –afirmó su hermana.

Apretó los puños. No quería hablar de aquello.

–Deja de preocuparte de que me haga viejo. ¿No te has enterado de la noticia? Voy a casarme.

–Eso no es divertido, Jeff.

–¿No me crees? –preguntó arqueando una ceja–. Pregúntale a papá.

–Deja de decir tonterías. De niños, juraste no casarte nunca.

–La gente madura –replicó.

–Así que vas en serio. No puedo creerlo, es estupendo. ¿Quién es la afortunada? Dime que no es la del ascensor.

–Ni hablar. No es nadie de Nueva York.

–¿Alguien de la zona? ¿Es por eso que cambiaste de opinión y decidiste volver a casa?

–Yo no soy Matt. Nunca he tenido a nadie esperándome.

–Entonces, ¿quién?

–Sorpréndeme. ¿Se te ocurre alguna idea?

–No lo entiendo –dijo ella ladeando la cabeza.

–El gran RW Harper insiste en que me case y siente la cabeza. En cuanto encuentre una novia que acceda a celebrar un matrimonio sin amor.

–No, no puedes casarte sin estar enamorado. Eso no es normal.

–Es lo habitual en nuestra familia, ¿no? Dudo que papá y mamá se hayan querido alguna vez.

–¡Y mira cómo resultó! Por favor, Jeff. Piénsatelo bien. Quiero que seas feliz.

–Ahora mismo no tengo otra opción. Por si acaso no lo has visto, hay un nuevo meme esta mañana. Es salvaje.

–Lo he visto –dijo ella apoyándose en su hombro–. Lo siento mucho.

Aquel pequeño gesto de ternura aumentó su angustia y le hizo cuestionarse si debería contarle lo que había pasado en el ascensor. ¿Lo entendería?

–Eres una buena persona –prosiguió–, y te mereces encontrar el amor. Haré lo que haga falta para que encuentres a tu alma gemela, Jeff.

–Eso no va a ocurrir –refunfuñó.

–Lo único que necesitas es abrir tu cuarto *chakra*, el espacio de tu corazón. Te ayudaré a desbloquearlo si me das la oportunidad.

¿Acaso pensaba que estaba emocionalmente bloqueado? Bueno, tal vez sí.

–Déjalo, hermanita, soy una causa perdida. Además, me las he arreglado siempre sin amor, ¿por qué buscarlo ahora?

–Oh, Jeff –exclamó, y sus ojos se humedecieron–. Puedo enseñarte a dejar fluir las emociones, a sanarte.

No quería ofenderla, pero el yoga no iba a arreglar sus problemas. Era afortunada por no haber heredado la incapacidad de amar de su madre, a diferencia de él.

–Tengo que contratar un chef y construir un imperio hotelero. Y en esa nota –dijo apartándose de la encimera–, dile a Michele Cox que baje en treinta minutos. Será la última de esta noche.

–De acuerdo.

Chloe fue a salir de la cocina, pero en el último momento se volvió para darle un fuerte abrazo antes de marcharse.

Una vez a solas, Jeff reprodujo en el ordenador un vídeo etiquetado como Michele Cox.

–… La buena cocina hace que la gente se sienta mejor. Eso es lo que me gusta, hacer que los clientes se sientan felices y queridos, y es lo que quiero para su restaurante. Por eso, espero que me dé una oportunidad. Gracias.

Su voz y sus palabras sonaban fuertes, seguras. Pero ¿por qué le daba la impresión de que Michele era frágil?

Volvió a ver el vídeo desde el principio.

–Quiero trabajar en Industrias Harper porque necesito creer que algo bueno puede pasarle a la gente buena.

Apretó el botón de pausa para estudiarla y amplió la imagen. Ahí estaba. En sus ojos marrones vio algo que también veía en su propio reflejo. Su corazón comenzó a latir más deprisa.

Michele Cox era una superviviente, como él.

Capítulo Cuatro

A solas ante la isla de la cocina de los Harper, Michele se apoyó en la superficie fría del mármol. Cerró los ojos y respiró hondo.

«Soy una buena cocinera y tengo talento. Voy a crear maravillas», se dijo, y lanzó los brazos al aire en señal de victoria.

Era su ritual supersticioso, el que solía hacer antes de cocinar en Alfieri´s para animarse. Le venía bien para el trabajo, pero no para aquella noche. No podía controlar su ansiedad.

«¿Por qué piensas que puedes hacer esto? Vas a echarlo todo a perder».

Era la voz de Alfieri. Abrió los ojos y apretó los puños. Esa noche no podía cometer errores.

Se quedó pensativa mordiéndose el labio antes de ceder y buscar su receta en el móvil.

«Eso es, tienes que hacer trampas. No eres nada sin mí».

–¡Cierra el pico, Alfieri!

Aquella receta era suya, así que no estaba haciendo trampas. Era ella la que la había creado, y nunca había tenido que consultarla. Era capaz de cocinar dejándose llevar por sus sentidos, su estado de ánimo y algo a lo que se refería como la magia de mamá. Pero últimamente se sentía insegura. Su madre y toda su magia habían desaparecido.

Michele dejó el teléfono en la encimera, donde pudiera ver las recetas, y comenzó.

El pan de savia y romero ya se estaba horneando y la cazuela con aceite de oliva, limón, vino blanco y especias iba tomando temperatura. Olía muy bien. Rellenó cada calamar con jamón, mozarela ahumada y un diente de ajo y los añadió a la cazuela. Luego, regó los calamares con su salsa de trufa. Tenía los fideos cociéndose en otro quemador y se dispuso a preparar su ensalada de rúcula, albahaca y uvas. Todo parecía perfecto, excepto... que algo faltaba. Tenía la extraña sensación de que se había olvidado incluir el ajo al rellenar el último calamar. Todavía no estaban calientes, así que si se daba prisa, podía enmendar su error. Bajó la temperatura y con una cuchara de madera intentó sacar el calamar de la cazuela. Pero con la salsa de trufa se le resbalaba y volvía a caer dentro. No se había puesto delantal porque todos los que tenía llevaban el nombre de Alfieri, así que, le salpicó la salsa y se manchó la blusa de seda.

–Vaya. Muchas gracias, bicho viscoso –dijo echando chispas por sus ojos color ámbar.

–¿Señorita Cox? –dijo una voz profunda a sus espaldas.

La sorpresa hizo que sacudiera la cuchara y el calamar saltara por los aires. Antes de que tocara el suelo, lo recogió. Rápidamente lo ocultó tras su espalda y se enderezó para mirarlo.

La corpulencia de Jeffrey Harper llenaba el espacio, bloqueando la salida. Por la manera en que la estaba mirando, la había visto lanzar al aire la comida y recogerla con la mano.

–Señor Harper, me ha dado un susto.

Él se acercó y Michele sintió que el pulso se le aceleraba. Llevaba una camisa blanca de lino de la que asomaba el vello pelirrojo de su pecho y unos vaqueros que se ajustaban a sus piernas. La versión desenfadada de aquel hombre era más sexy que la que había visto en televisión.

–Lo siento, no pretendía interrumpir su conversación con… esos bichos viscosos.

Al inclinar la cabeza hacia la cacerola, un mechón de su pelo pelirrojo cayó sobre su frente y echó la cabeza hacia atrás para colocarlo en su sitio.

Ella permaneció inmóvil a la espera de que le dirigiese la misma mirada de desagrado que le había visto en aquel episodio en el que unas ratas corrían por la encimera de la cocina de un hotel. Sin embargo, parecía estarla observando con un brillo de diversión.

–No estaba hablando con todos, solo con este –dijo mostrándole el calamar que ocultaba a la espalda–. No se estaba portando bien.

En vez de reñirla y echarla de la cocina tal y como Alfieri habría hecho, los labios de Jeffrey se curvaron. Tenía unos labios bonitos.

–Entiendo. ¿Y qué va a hacer con él? –preguntó mientras se acercaba.

Era alto. Tuvo que echar hacia atrás la cabeza para mirarlo a los ojos, que eran de un intenso color azul con vetas doradas. Era fácil comprender por qué las mujeres iban tras Jeffrey Harper.

Michele se quedó mirando aquel calamar deforme. Alfieri se habría puesto furioso con ella y le habría amenazado con descontárselo del sueldo.

–¿Tirarlo?

–¿Por qué? Cocínelo, yo me lo comeré.

Le temblaban las manos cuando metió el diente de ajo, repartió el relleno y echó el calamar en la cacerola junto a los demás. La cazuela empezó a chisporrotear, aunque no tanto como la corriente eléctrica que sintió cuando Jeffrey se acercó.

–No veo pollo.

Parecía decepcionado. ¿Acaso esperaba que todas las chefs cocinasen pollo?

–Es un guiso de calamares rellenos con mi salsa especial de trufa. Los fideos y las almejas están casi listos.

–Señorita Cox –dijo cruzándose de brazos–, el puesto de chef para mi restaurante es muy competitivo. Quiero que me sorprendan con cada plato.

Aquello le recordó a Alfieri. Su tono condescendiente despertó su rabia.

–¿Qué más tengo que hacer, señor Harper? ¿Hacer malabarismos con las almejas?

Se quedó boquiabierto. Ella también se sorprendió, nunca había hablado así a un jefe, y mucho menos en una entrevista de trabajo.

Sin embargo, Jeffrey Harper la sorprendió riéndose. Aquel sonido la tranquilizó y no pudo evitar sonreír.

–No, señorita Cox, solo quiero que me emocione, que me haga sentirme transportado.

¿Qué significaba eso? La manera en que la estaba mirando, como si estuvieran compartiendo una broma íntima, era inquietante.

–¿Un Chardonnay? –preguntó él.

–Si es el vino que le apetece, por supuesto. Pero

yo sugeriría un tinto como el Sangiovese o un blanco como el Viognier.

–Veré qué tenemos en la bodega.

Mientras lo observaba salir de la cocina, pensó que Jeffrey Harper no era tan arrogante como parecía en televisión. Le caía mejor en persona.

Sacó el pan del horno, lo envolvió en un paño y lo colocó en una cesta. Releyó una vez más la receta para asegurarse de que no se le había olvidado nada y emplató el guiso, cuatro calamares cubiertos de salsa y espolvoreados de especias. Los fideos y las almejas habían quedado en su punto. Al lado, la ensalada adornada con uvas y aliñada con otra salsa secreta que nunca fallaba. La comida no era una obra de arte, pero tenía buena presencia, olía bien y estaba segura de que estaría sabrosa. Lo había hecho lo mejor que había podido.

Pero no sería suficiente, porque las otras chefs eran excelentes.

–Tengo los dos vinos. ¿Cuál prefiere, señorita Cox?

–¿Yo? –dijo volviendo la cabeza para mirarlo.

–No voy a beber solo.

–Está bien –dijo mientras doblaba una servilleta, dándole forma de flor–. Prefiero el blanco, gracias –añadió, y llevó el plato a la mesa.

–Entonces, el Viognier. Siéntese.

Sirvió una copa y la colocó al otro lado de la mesa. Al parecer, esperaba que se sentara a verlo comer. ¿Tendría que soportar que le dijera bocado tras bocado que aquel plato no le emocionaba? ¿Se lo tiraría a la cabeza y le ordenaría que limpiara el estropicio tal y como Alfieri haría?

Se quedó mirando la mesa y se dio cuenta de que se le había olvidado algo.

–Enseguida vuelvo.

Cuando volvió con la ensalada le sorprendió ver que había dividido el guiso en dos porciones.

–¿Qué hace, señor Harper?

–Acompáñeme. Odio comer solo.

Su sonrisa parecía sincera y había un brillo en sus ojos que llamó su atención. ¿Sería de soledad, de tristeza?

A ella tampoco le gustaba comer sola. Algo incómoda, se sentó frente a él.

–Gracias. Ahora, coma.

Aunque no estaba acostumbrada a que le dieran las gracias, no parecía que se lo hubiera dicho con ironía. Sin saber muy bien cómo, parecía estar teniendo una cita con el soltero más deseable de América. No estaba mal, teniendo en cuenta que era la peor entrevista de trabajo de su vida.

Encendió dos velas y volvió junto a Michele Cox para observar su bonito rostro. Jeff nunca había estado con una chef como ella. La primera vez que la había visto en la cocina, no le había impresionado. Le había parecido estirada e insegura. ¿Y por qué miraba tanto el móvil? ¿Acaso estaba haciendo una receta que no era suya?

Luego, la había visto hablando con la comida, lanzándola por los aires y recogiéndola como si nada hubiera pasado. Se había sonrojado de vergüenza y había visto preocupación en sus bonitos ojos color miel. Para eso hacían falta agallas e ingenio, dos cosas que buscaba en un chef. Por esas dos cosas, quería saber más de ella.

Cortó el calamar y de su interior salió una salsa espesa de mantequilla y ajo. Se llevó el trozo a la boca y masticó lentamente. Su mirada se encontró con la de él y en su expresión, Jeff vio esperanza. Quería ganar aquella batalla. Una extraña sensación lo asaltó, aunque no sabía muy bien cómo describirla. Probó los fideos y luego la ensalada, haciéndola esperar su veredicto. No lo hacía por crueldad, sino por saborear el momento.

—Espere, tiene un poco de...

Jeff tomó la servilleta y le limpió un poco de salsa de la barbilla.

—Gracias.

Reparó en sus hoyuelos. Estaba coqueteando con la chef y estaba disfrutando tanto, que a punto estuvo de olvidarse de que tenía que juzgar aquella comida.

—Está bueno —dijo tras el último bocado.

El segundo calamar, el que había perdido la forma, parecía tener el doble de ajo que el primero. Aquella anomalía era una mala señal.

—Lo sé —dijo y los hoyuelos desaparecieron de su rostro—. Está bueno, pero no hay magia.

Ella también se había dado cuenta. Faltaba algo.

—Me ha gustado. ¿Por qué no ha preparado su plato estrella?

—¿Mi pollo a la *cacciatore*?

—Sí, lo probé en Nueva York. Es uno de los mejores platos que he probado nunca.

Si lo hubiera preparado, sería la favorita para el puesto, pero había optado por preparar pescado.

–Ese plato lo creé para Alfieri. No quiero volver a prepararlo.

–¿Por qué no? Es fantástico.

–Lo siento, es solo que… no puedo.

La voz se le quebró y se bebió el vino que le quedaba en la copa de un trago.

¿Era su imaginación o había palidecido? ¿Y aquellas lágrimas en los ojos?

–Señorita Cox, ¿le pasa algo?

Michele dejó la copa y lo miró a los ojos.

–No es nada. Gracias por ser tan amable, no estoy acostumbrada.

Nadie le había llamado amable antes.

–Soy sincero.

–Las velas, el vino, la comida compartida… Es muy amable por su parte, sabiendo que no voy a conseguir el puesto.

Jeff se quedó callado. ¿Por qué se consideraba descartada para el puesto?

–¿Ha cambiado de opinión?

–¡No! Necesito desesperadamente… –dijo y apretó los labios–. Quiero trabajar para Industrias Harper. Es solo que… Esto es embarazoso. Hoy no he cocinado a la altura de las expectativas. Ya no estoy segura de si lo sigo sabiendo hacer.

No sabía muy bien por qué, pero su intuición le decía que estaba asustada por algo que estaba ocultando. ¿Estaría en apuros?

–Se está subestimando.

–No.

Se mordió el labio. ¿Tan sensible era? Los chefs debían ser creativos y decididos, seguros y dispuestos. En la cocina no había sitio para lágrimas.

–Si me disculpa, limpiaré la cocina para la siguiente candidata.

Fue a recoger su plato y Jeff la detuvo, tomándola de la mano.

–Señorita Cox, ¿qué es lo que necesita con tanta desesperación?

Michele se quedó de piedra. Se la veía seria y preocupada, como si aquella respuesta fuera la clave de todo.

–Encontrar lo que perdí para poder cuidar de mi hermana.

¿Qué significaba aquello?

Mientras trataba de descifrar sus palabras, retiró la mano y se la tendió para estrechársela.

–Gracias por la oportunidad, señor Harper. Le deseo suerte para encontrar al chef perfecto. Siento haberle hecho perder el tiempo.

Al estrecharle su mano pequeña y delicada se sintió decepcionado. No dijo nada, no podía. Aquella mujer tenía derecho a renunciar al puesto. La gente lo hacía todo el tiempo. Pero no lograba entender por qué sentía como si estuviera renunciado a él. Se quedó viendo cómo se alejaba y apuró su vino, a solas.

Capítulo Cinco

De vuelta a la habitación que compartía con Lily, Michele no dejó de reprenderse en todo el camino. ¿Cómo había cometido aquellos errores delante de Jeffrey Harper? Un mal comentario suyo y no volvería a cocinar en su vida. En su mano tenía el poder de arruinar una carrera para siempre. Eso, si no la había arruinado ella ya.

Llamó a la puerta y se sorprendió al encontrar a Lily en pijama.

—Lo siento, ¿te he despertado?

—No, estaba a punto de acostarme. Estoy agotada por el cambio horario, ¿tú no?

No. Seguía impactada por el rato que había pasado con Jeffrey. Una mezcla de sensaciones bullían en ella: desilusión, vergüenza, atracción... Le gustaba Jeffrey, y eso lo complicaba todo.

Atravesó la habitación y tomó su bolso.

—Necesito hacer una llamada antes de acostarme. Me iré fuera a hablar.

Le había prometido a Cari leerle el cuento todas las noches por teléfono. Lo habría hecho antes, pero había tenido que bajar a la cocina esa noche en vez de al día siguiente, como estaba previsto.

—Antes de que te vayas —dijo Lily sentándose en su cama—, cuéntame qué tal te ha ido la entrevista. Yo no me he llevado buena sensación.

–¿Por qué, qué ha pasado? –preguntó Michele y se sentó ante Lily–. ¿No le ha gustado el plato?

–Oh, sí, me dijo que era excelente, el mejor *dim sum* que había probado.

Michele sintió envidia. Le había dicho excelente, no bueno, como a ella. Eso confirmaba que a Jeffrey no le habían gustado sus calamares.

–¿Y qué problema ves? –preguntó Michele–. Yo diría que se ha quedado impresionado.

–Durante la entrevista, Jeffrey ha estado… distante, como si tuviera la cabeza en otra cosa. Me hizo una pregunta personal y luego me dio las gracias.

Durante su entrevista, Jeffrey se había mostrado cordial. La forma en que le había sonreído le había hecho sentirse bien.

–¿Te invitó a comer con él?

–No –contestó Lily sorprendida–. Comió junto al fregadero, ni siquiera se sentó. No dejó que me fuera hasta que hubo terminado. ¿A ti te pidió que cenaras con él?

–Oh, bueno, debí de darle lástima. Metí la pata con el plato.

–No me da la impresión de que Jeffrey sienta lástima por nadie. Se enfada mucho en su programa cuando el servicio es incompetente.

Michele se quedó pensativa. Lily tenía razón. El tipo de la televisión le habría pedido que se fuera nada más verla con el calamar deformado. Alfieri le hubiera tirado cualquier cosa a la cabeza y le habría ordenado que se marchara de la cocina. Michele estaba más confundida que antes.

–Voy a hacer esa llamada. Procuraré no despertarte cuando vuelva.

Angel Mendoza era la única mujer a la que RW Harper amaba y la única a la que no podía retener. Le sirvió champán en una copa y para él se puso agua con gas en un vaso. Había dejado de beber en cuanto ella había entrado en su vida. Necesitaba estar alerta, despejado. No podía volver a caer en aquel agujero oscuro del que lo había rescatado. Era como si le hubiera dado un corazón nuevo y estuviera enseñándole cómo debía latir, cómo debía sentir. Había llegado a él como su terapeuta y su terapia le había salvado la vida. Ahora se esforzaba por hacer lo posible por no echarlo a perder todo.

Se unió a ella en la terraza.

—Por ti —dijo entregándole su copa.

Angel apartó la vista de la puesta de sol y lo derritió con sus intensos ojos marrones. Era una mujer preciosa. Contemplar las puestas de sol era su ritual favorito y lo que más echaría de menos cuando volviera a marcharse.

Sabía que estaban compartiendo un tiempo prestado. Dos meses atrás, había tenido que convencerla para que volviera, y sospechaba que había cedido solo para que Cristina y su hijo pequeño fueran a Plunder Cove para protegerse de la banda que los acechaba a los tres. Su vuelta no tenía nada que ver con él. Aun así, no quería dejarla marchar.

Con el champán en una mano, le acarició la mejilla con la otra.

—Eres un hombre increíble. Gracias por protegerlos, RW. No sé qué habría hecho…

41

Angel sacudió la cabeza y dio un sorbo a su bebida para controlar el temblor de su voz.

–¿Cómo están nuestros invitados? ¿Se han instalado ya? –preguntó él, tratando de distraerla de aquel pasado que la perseguía.

–¿Te refieres a mis invitados o a los de Jeffrey?

–Supongo que Jeffrey está conociendo a las chefs que le localizamos. Es increíble todo el talento que tienen. No sé qué hará para elegir a una. Tal vez acabe casándose con una de ellas.

Una suave brisa marina sopló en la terraza y Angel se acurrucó contra él buscando su calor. La abrazó. Podía ser la última vez que la tocara.

–¿Estás seguro de que eso es lo que quiere? Quizá lo único que le interesa es encontrar a la mejor chef para el restaurante.

–¿Cómo saberlo? El chico no tiene novia y siempre le ha gustado la cocina. Recuerdo que de niño se quedaba dormido en la cocina y tenía que llevarlo en brazos a la cama. Tendría sentido que acabara casándose con una chef.

RW evitó mencionar que el servicio había cuidado de Jeffrey mejor que su propia madre.

–¿Sigues con la idea de obligarlo a casarse?

–Ese fue el trato. Tiene que cambiar de vida y mejorar su reputación para que pueda salvarlo de las garras de Xander Finn.

–Bueno, en ese caso, la decisión está en sus manos. Tendrá que seguir el dictado de su corazón.

–Tardé cuatro décadas en darme cuenta de que tenía ese órgano en el pecho. ¿Qué te hace pensar que él se dará cuenta en unas semanas?

–Porque vamos a ayudarlo –respondió ella.

RW dudaba que Jeffrey fuera a hacer caso a su padre en asuntos del corazón, y menos después de la mala relación que había tenido con su madre. Pero Angel tenía una fuerza a tener en cuenta. Ella era la razón por la que RW había aprendido a reconocer sus emociones y a perdonarse los pecados del pasado. Le frotó el brazo para que entrara en calor, pero sobre todo para tocarla.

—¿Qué tal tus amigos, están cómodos?

—Pasar de la calle a Casa Larga es un viaje alucinante. Cristina todavía no puede creer que esté a salvo.

Veinte años atrás, Cristina había entrado a formar parte de la banda porque era una joven fugitiva mugrienta y muerta de hambre. Angel, que por aquel entonces era una adolescente, había cuidado de ella hasta que se había salido de la banda temiendo por su vida. Le había pedido a Cristina que se fuera con ella, pero estaba demasiado asustada. Había sido muy duro dejarla atrás. Así que cuando Cristina la había llamado tres meses atrás, no lo había dudado. Rescató a la mujer y a su hijo de cuatro años, y estaba haciendo todo lo posible por mantenerlos ocultos y a salvo. Si la banda daba con ellos, la encontraría también a ella y a su familia, y no estaba dispuesta a permitir que eso ocurriera.

—Cristina y su hijo están seguros. Tienes que confiar en mí —dijo RW obligándola a que se volviera hacia él—. No permitiré que Cuchillo dé con ellos o contigo. Voy a acabar con ese canalla.

—Lo sé.

Ahí estaba otra vez. El miedo en su voz lo estaba matando.

La atrajo entre sus brazos, protegiéndola, dispuesto a demostrarle que siempre la protegería. No debía haberse enamorado de su terapeuta, se lo había dejado muy claro desde el principio. Pero con aquel nuevo corazón que le había descubierto, sentía cosas que no debería.

–¿Y el niño? –preguntó RW después de un rato–. ¿Está asustado también?

–Sebastián tiene cuatro años y está algo confundido. Siempre ha vivido con la banda y no entiende por qué está aquí. Es demasiado pequeño para comprender que le hemos salvado la vida y está volviendo loca a Cristina con que quiere volver –dijo y suspiró–. Va a llevar un tiempo.

–¿Qué puedo hacer para que esté contento? ¿Puedo conseguirle algo?

–Se me ocurre una idea para ayudarle, tanto a él como a Jeffrey.

–Eso tengo que verlo –comentó RW arqueando una ceja.

Angel sacó su teléfono.

–Hola, Jeffrey, soy Angel.

–Hola, Angel. ¿Pasa algo, va todo bien?

RW oía la voz de su hijo a través del auricular.

–Quería preguntarte si podías pedirle un favor a alguna de las chefs.

–¿Un favor?

–Nuestro pequeño invitado está triste y creo que un sándwich de queso le animaría. Como el personal habitual de la cocina está de vacaciones mientras llevas a cabo el concurso, confiaba en que una de las chefs pudiera ayudarme.

–¿Alguna en particular? –preguntó Jeff.

–Elige a alguna que sea simpática.

–¿Simpática? ¿Y eso que tiene que…?

–Gracias, Jeffrey –lo interrumpió–. Tengo que colgar.

–Vamos a ver a quién elige –comentó Angel sonriendo a RW.

–Muy astuta –dijo RW besándola en la frente–. Me gusta.

Michele estaba sentada en un taburete, echando un vistazo al álbum de fotos de la receta de los calamares rellenos. Al parecer, había sido la última candidata en cocinar la noche anterior.

–¿Sigues despierta? –preguntó hablando por el móvil–. ¿No sabes que las vaqueras necesitan dormir?

–No puedo dormir bien sin mi cuento –protestó Cari–. ¿Por qué has tardado?

–Estoy trabajando. ¿Estás en la cama?

–Sí.

–Muy bien, vamos a descubrir qué le pasa a Rosie esta noche.

Jeff se pasó la mano por el pelo.

–Que elija a una simpática –balbució.

¿Por qué? Cualquiera podía preparar un sándwich de queso. Hasta él.

Y de hecho, era lo que prefería antes que elegir a una de las seis mujeres y pedírselo. Bueno, ya solo quedaban cinco, puesto que la señorita Cox había renunciado. De dos de ellas no había oído hablar, así que no contaban. Todavía tenía que conocer a las otras tres. ¿Cómo elegir?

No, era preferible hacerlo él.

Se dirigió a la cocina, pero se detuvo nada más entrar. Alguien se había quedado dormido con la cabeza apoyada en la isla. Una larga melena rubia caía sobre… ¿qué? Se acercó un poco más. Un álbum de fotos. Le apartó el pelo y susurró el nombre que llevaba repitiéndose todo el día.

—Señorita Cox.

Michele se sobresaltó.

—¡Cari! —exclamó asustada.

—Soy Jeff, no pasa nada.

De repente se dio cuenta de que estaba acariciándole la espalda para reconfortarla y se apartó.

—¿No le ha parecido cómoda la cama? —preguntó mientras se metía las manos en los bolsillos.

—Lo siento —dijo Michele enderezándose en su asiento—. Tenía que hacer una llamada de teléfono y no quería molestar a mi compañera de habitación. Supongo que como aquí se está tan a gusto, me he quedado dormida.

Jeff se sacó las manos de los bolsillos y se sentó en un taburete, a su lado.

—A mí me pasaba de niño. Cuando mis padres discutían, me gustaba venir a dormir aquí.

—¿Sus padres discutían mucho?

—No había día en que no lo hicieran. Crecí pensando que todos los padres se odiaban y maldiciendo el día que tuvieron hijos.

—Lo siento, debió de ser terrible.

La gente no solía decirle cosas amables a menos que quisieran algo de él, como un trabajo o una buena crítica. Pero ese no era el caso de la señorita Cox; ella había tirado la toalla.

—Mi hermano Matt se llevó la peor parte de la furia de mi padre. Pero era fuerte. A veces lo envidiaba porque al menos mi padre le hacía caso. Yo era el pequeño pelirrojo al que todos ignoraban. Me saltaba las normas y jugaba al balón dentro de casa con la esperanza de romper algo y que alguien se diera cuenta de que existía. Conseguí romper un jarrón chino de mi madre. ¿Y a quién castigaron? A Matt. Mintió por protegerme. Pero ¿por qué le estoy contando esto?

Le temblaban las manos y se las pasó por el pelo.

—Le prometo que no se lo contaré a nadie. He firmado un acuerdo de confidencialidad, ¿recuerda? —dijo ella sonriendo.

La tomó de la mano y le besó los nudillos.

—Gracias.

Se quedó sorprendida y él retiró su mano.

—¿Para qué ha venido a la cocina, señor Harper? ¿Ya tiene hambre?

—Llámame Jeff, por favor. Ya conoce mis secretos más oscuros.

—Y a mí Michele. ¿Qué pasa, que escondió el calamar en la servilleta y ahora está muerto de hambre?

—¿Por qué no me crees? —dijo entre risas—. Ya te dije que me gustaron los calamares, me comí todo el plato. Ahora he venido a preparar un sándwich de queso para un amigo.

—¿Para un amigo, eh? —preguntó, incrédula.

—Sí, le encanta el queso.

Pocas personas sabían que había una madre y un hijo ocultos en Plunder Cove, y Jeff quería guardar el secreto. Todo el mundo correría peligro si la noticia se filtraba. Luego, recordó que Angel le había pedido que fuera una de las chefs la que preparara el sándwich.

–¿Podrías prepararlo tú?

–Claro, así recuperaré mi dignidad después del desastre de los calamares. Considéralo el broche final. ¿Qué prefieres, la versión infantil o la adulta?

Cuando se apartó de él, una fría sensación lo invadió y le hizo recordar cuando, con diez años, Matt y él habían echado una carrera nadando hasta la boya. Aquel día, la temperatura del agua del mar era muy fría y había sido una estupidez salir a nadar, pero un reto era un reto. A Jeff no le gustaba recular. Con Matt sacándole ventaja, la hipotermia había empezado a hacer sus efectos, y brazos y piernas se le habían entumecido. La boya parecía estar cada vez más lejos y ola tras ola había sentido que se hundía. Matt lo había salvado aquel día, pero había tardado días en recuperar temperatura. Desde entonces, cuando estaba desanimado, sentía el frío metido en los huesos.

Pero no en ese momento. Michele transmitía calidez. ¿De qué otra manera podía describir aquella sensación? Sentado a su lado, sentía hervir su sangre. Era un sinsentido, sobre todo teniendo en cuenta que había decidido abandonar, pero no podía quitarse una idea de la cabeza: tenía que conseguir que se quedara.

Capítulo Seis

Jeffrey Harper la había impresionado. Era sexy, inteligente y seguro de sí mismo, además de sensato. Aquella historia sobre su niñez la había conmovido. No se imaginaba rompiendo cosas para llamar la atención de su madre. Tampoco tenían objetos valiosos en su casa, tan solo facturas, muchas facturas. Siempre tenían prioridad las medicinas para el cáncer de su madre y los colegios especiales de Cari.

No le importaba prepararle el sándwich a Jeff. Sería su manera de despedirse y darle las gracias. No tenía nada que ver con querer quedarse con Jeffrey Harper un poco más.

La siguió a la despensa, acortando la distancia entre ellos. Michele percibía su calor. Siempre se acaloraba cuando lo tenía cerca. Una ligera curva se había dibujado en sus labios. La mayoría de las mujeres tendrían que ponerse de puntillas para besar aquellos labios.

—¿Qué diferencia hay? —preguntó, refiriéndose a los sándwiches de queso.

—Para los niños, uso un queso más suave. Para alguien como tú —dijo con tono burlón—, optaría por incluir algo picante, como unos pimientos asados.

—¿Alguien como yo?

—Un tipo valiente como tú puede soportarlo —añadió, dándole unos golpecitos en el pecho.

Jeff siguió su dedo con la mirada y lentamente buscó sus ojos. Michele fue consciente de que había provocado que algo se desatara. Su expresión divertida estaba dando paso a algo intenso y peligroso. No tenía sentido avivar aquel fuego, aunque una parte de ella era lo que deseaba.

—Prefiero suave.

Su voz profunda y queda, como si ella formara parte del menú, hizo que se le secara la boca.

—¿Quieres uno de cada?

Él asintió, se cruzó de brazos y se apoyó en la encimera.

—Muy bien, pero tendrás que apartarte. Los gases te harán llorar —le advirtió Michele.

—Entonces, será mejor que te pongas esto.

Jeffrey le puso unas gafas de espejo y le apartó el pelo de la cara. Ella permaneció quieta, disfrutando de la sensación. Echaba de menos sentirse querida y deseada. Había algo en Jeffrey Harper que despertaba aquellas sensaciones.

—Ahora, ya estás lista —dijo él, rompiendo la magia del momento.

Puso a asar los pimientos con un poco de aceite de oliva y, al cabo de unos minutos, empezó a toser y Jeff encendió el extractor.

Una vez asados los pimientos, los sacó de la sartén y los dejó en un plato para que se enfriaran. Después, cortó un trozo de uno, lo picó, lo mezcló con mermelada de frambuesa y untó con aquella pasta dos rebanadas de pan.

—¿Y el resto de los pimientos? ¿Vas a añadirlos entre las rebanadas de pan?

—¿Qué quieres, sentir fuego en la garganta?

–Has dicho que era lo suficientemente valiente como para comerlos.

–Nadie es lo suficientemente valiente. Ya verás cómo pican.

Extendió la crema de queso en el pan y puso el sándwich en la plancha sobre una mezcla de aceite de oliva, sal de ajo y romero.

–¿Puedo comérmelo ya?

Ella asintió y se quitó las gafas. Jeffrey dio un mordisco y lo masticó lentamente. Cuando lo vio poner los ojos en blanco, se sintió satisfecha.

–Es el mejor sándwich de queso fundido que he tomado nunca. Pica.

–Ya te lo dije.

Tomó otro bocado. Los sonidos que emitía parecían de una película porno y no pudo evitar preguntarse qué se oiría en aquel vídeo del ascensor.

–Te dejaré para que lo disfrutes.

Hizo un segundo sándwich con queso suave, mermelada de uvas y pan blanco, mientras él observaba atentamente cada uno de sus movimientos.

–A mi hermana le encanta este sándwich. Pero tengo que quitarle la corteza.

–Es a ella a quien estabas leyendo. Se llama Cari, ¿verdad?

–Sí, ¿cómo lo sabes?

–Estabas diciendo su nombre entre sueños –dijo y se inclinó, señalándole el pan–. Te has dejado un poco de corteza ahí.

–A veces lo hago a posta, para que los críticos tengan algo que decir –replicó.

Michele sacudió la cabeza. ¿Quién iba a decir que preparar sándwiches iba a ser tan divertido?

–Ahora viene la parte favorita de los niños. Será mejor que te acerques. Esta es la parte más delicada.

–¿Una manzana? –dijo Jeffrey acercándose a ella.

–¿Ves una manzana? Yo veo la cara roja de un hombrecillo –afirmó tomando un cuchillo.

De repente, la inseguridad volvió a asaltarla.

«Vas a echarlo todo a perder delante de él. Sin mí, no sabes cocinar».

De nuevo oía la voz de Alfieri. Su mano tembló junto a la manzana.

–Michele, ¿qué pasa? –preguntó Jeff.

–Soy un desastre –dijo y dejó el cuchillo–. No debería haber solicitado el puesto. No soy la chef que estás buscando.

Se volvió para que no viera su reacción. Jeffrey Harper no soportaba la debilidad ni el fracaso.

–Relájate –dijo con voz suave–. No estás siendo juzgada ahora. Inspira y exhala lentamente. Eso es lo que yo hago cuando me pongo nervioso en el programa. Otra vez, respira hondo y mientras expiras, repite: esto es lo que mejor hago. Voy a acabar con esta dichosa manzana.

Aquello funcionó y Michele rompió a reír.

–Vamos, adelante –la animó sonriendo.

Ella tomó la manzana y empezó a tallar el primer ojo.

–¿Te pones nervioso en el programa?

–Cuanto más nervioso, mejor programa –dijo acercándose–. ¡Eso es un ojo! Increíble.

La emoción de su voz la entusiasmó y siguió haciendo el otro ojo. Luego, enrolló la peladura roja de la manzana dándole forma de nariz e hizo unos cortes a modo de labios.

–Se me ocurrió hacer esto un día para que mi hermana se tomara toda la comida. Desde entonces, no se come las manzanas a menos que sean hombrecillos de cara roja –dijo poniéndosela en la mano–. Espero que a tu amigo también le guste.

–Es increíble. Nunca había visto nada así.

Aquellas palabras de ánimo eran un bálsamo. Ningún jefe le había hablado así. Cerró los ojos y trató de borrar la imagen de Alfieri enfadado.

–Michele.

Abrió los ojos y se encontró con que Jeffrey estaba observándola.

–No sé qué problemas tienes, pero deberías confiar en tu talento. Eres increíble.

Se puso de puntillas y besó sus labios.

Michele Cox era una caja de sorpresas: divertida, sexy, dulce, amable e inteligente, además de… insegura… Algo malo le había pasado, estaba convencido. Le gustaría saber de qué se trataba para poder ayudarla.

Sin mediar palabra, se puso de puntillas y le besó suavemente. Aquello le pilló de improviso y se quedó inmóvil, recordando lo que había pasado en el ascensor. Si hubiera dispuesto de unos segundos más, la habría abrazado y le habría devuelto el beso. Pero antes de que pudiera hacerlo, ella se apartó.

–Lo siento. Eso no ha sido muy profesional. No suelo ir por ahí…

Se llevó la mano a los labios. Parecía tan sorprendida como él.

–Me voy. ¡Buena suerte! –añadió.

Antes de que pudiera detenerla, Michele Cox salió corriendo de la cocina y de su vida.

Capítulo Siete

Michele se despertó con la impresión de que algo iba mal. Era la misma sensación con la que se despertaba cada mañana desde que dejó Alfieri´s.

Durante toda la noche, no había dejado de dar vueltas a todos los errores que había cometido delante de Jeffrey Harper, incluido aquel beso. Se cubrió la cabeza con la almohada, avergonzada. Seguro que pensaba que había perdido la cabeza.

¿Qué era ese sonido? Apartó la almohada, se apartó el pelo de la cara y se quedó escuchando. ¿Había alguien llorando? Se incorporó y vio que la cama de Lily estaba vacía.

Se puso la bata y siguió aquel sonido hasta llegar a la puerta cerrada del cuarto de baño.

—¿Lily, estás bien? —preguntó.

La puerta se abrió.

—Me ha pedido que haga las maletas y que me vaya —sollozó Lily, llevándose un pañuelo a la nariz.

—¿Cuándo?

—Estaba haciendo taichí en el jardín y ha aparecido Chloe para hacer meditación y yoga. Cuando hemos terminado, me ha dado la noticia. Al menos ha tenido delicadeza.

—Lo siento, Lily.

Michele sintió que el corazón se le encogía. Le caía bien Lily. Ambas eran de Nueva York y enseguida habían conectado. Le habría gustado que su nueva amiga ganara el concurso.

–Podemos llamar a un taxi e irnos juntas. Espera a que haga la maleta y…

–¿Michele? –dijo Chloe desde la puerta de la habitación–. Tienes que reunirte en el salón con el resto de las chefs para organizar el siguiente paso del concurso.

Lily la miró sorprendida, aunque nadie lo estaba más que Michele.

–Creo que ha habido un error. Ayer dejé el concurso.

–¿No quieres estar aquí?

Claro que quería quedarse. Solo por el anticipo merecía la pena. Además, haciendo aquellos sándwiches de queso se había vuelto a sentir a gusto en la cocina. También había un pelirrojo muy atractivo que le gustaba más de lo que estaba dispuesta a admitir. ¡Incluso le había besado! Tenía que irse antes de volver a ponerse en ridículo delante de él.

–No merezco estar aquí con esas chefs tan magníficas –murmuró.

–Mi hermano no está de acuerdo. Anoche lo dejaste impresionado. Pero si quieres irte, haremos los preparativos necesarios para que vuelvas a Nueva York. Jeff quiere que seas tú la que tome la decisión. Las otras chefs ya están en el salón. Únete a la reunión si quieres seguir –concluyó Chloe, y cerró la puerta al salir.

–Vaya, eso ha sido… –dijo Michele, sentándose en el borde de su cama–. No pensé que fuera a decirme que me quedara.

–Me alegro por ti –afirmó Lily sonriendo dulcemente–. Ya que no he podido ganar yo, espero que lo hagas tú. Tienes todo mi apoyo.

Jeff esperó a que Chloe doblara la esquina.

–¿Y bien? ¿Qué ha dicho?

–Se ha quedado sorprendida. Creía que había dejado el concurso ayer.

–Y así es.

–Me da la impresión de que no quiere estar aquí –dijo Chloe arqueando la ceja en un gesto muy típico de los Harper–. ¿Por qué no dejas que se vaya y continúas el concurso con las otras chefs?

–¿Es eso lo que ha dicho? ¿Es que no quiere estar conmigo? Me refiero a trabajar conmigo.

–Si la quieres, ¿por qué no pones fin a este concurso y vas a por ella? Pídele salir, cortéjala.

–No es tan fácil. No es como otras mujeres con las que he salido. Michele es… diferente. ¿Ha dicho si quiere dejar Casa Larga?

–No exactamente. Se siente insegura. Tiene la sensación de que no se merece estar aquí.

–Eso es porque no se siente segura. Es muy buena chef, tan buena como cualquiera de las otras. ¿La has convencido? –preguntó sin dejar de dar vueltas–. ¿Va a quedarse o no?

–He dejado que lo decida ella. Lo sabremos si viene al salón, que es donde se supone que debería estar ahora mismo –dijo Chloe y lo besó en la mejilla–. ¡Buena suerte!

Al cabo de unos segundos, oyó la voz de su hermana en el salón.

–Buenos días, señoras.

Por un lado, quería asomar la cabeza para ver si Michele había decidido quedarse. Por otro, se recordó que debía controlarse. No quería hacer nada que pudiera asustar a Michele. Era evidente que no estaba segura de si quedarse.

Ejercicio, lo que necesitaba era hacer ejercicio.

Enfiló hacia el gimnasio, decidido a quemar energía. Si una semana antes se hubiera sentido así, habría pedido una cita a cualquier mujer.

–¿Señor Harper? –oyó que lo llamaban.

Era una de las chefs a las que había expulsado.

–Soy Lily, ¿puedo hablar con usted?

–Mi decisión no tiene nada que ver con la comida que preparó. Es una excelente chef, Lily, me encantó su *dim sum*.

–Gracias, supone mucho viniendo de usted. Nunca me pierdo sus programas –dijo nerviosa, frotándose las manos–. Es como si lo conociera.

–No soy el tipo que sale en el programa. Soy alguien… normal.

–No, no, es un profesional. Lo que le pasó a usted y al programa fue algo muy injusto.

–Gracias por su apoyo y por haber venido. Le deseo suerte para encontrar trabajo.

Jeffrey se volvió para marcharse, pero ella se puso delante.

–Se merece tener éxito y ser feliz, Jeffrey. Tenga cuidado con quien elige. Creo que algunas chefs están aquí por otros motivos.

–¿A qué se refiere?

–No tengo mucho más que decir. Tan solo que… tenga cuidado.

Aquello lo único que hacía era activar su alarma

interna, a pesar de que ya estaba siendo precavido. Michele le había dicho que necesitaba el trabajo, pero algo la tenía tan atemorizada que sentía que no se lo merecía. De niño, había sufrido por culpa de personas que se suponía que debían quererlo. ¿Habría sufrido Michele algo parecido?

Aquel pensamiento era deprimente. Tenía que subirse a la cinta de correr o liarse a puñetazos con el saco de boxeo antes de que aquello empezara a afectarle.

Capítulo Ocho

A la mañana siguiente, Tonia preparó el desayuno, Freja la comida y Suzette la cena. Sus papilas gustativas estaban impresionadas, pero ninguno de los platos lo había impresionado tanto como aquella manzana tallada.

Michele tenía una vena artística. ¿Magia? ¿Era así como lo había llamado? Por desgracia, parecía una cualidad intermitente, lo cual no era bueno para un restaurante. Una experiencia culinaria de cinco estrellas requería constancia y perfección en cada plato. Apostar por Michele Cox era arriesgado y, aun así, era incapaz de prescindir de ella. Además, su magia y su beso lo habían embrujado.

Cuando no estaba juzgando platos, estaba trabajando con el contratista. Su idea era abrir el restaurante en seis meses. Era un objetivo ambicioso, pero quería hacerlo cuanto antes para acallar la mala prensa. A pesar de que los abogados de RW habían mandado varios requerimientos, Finn seguía empeñado en arruinar la reputación de Jeff. La mujer del ascensor amenazaba también con hablar y los abogados se habían reunido con ella.

Por la tarde, Jeff se reunió con Matt para echar una partida de billar.

—¿Ya te has casado? —preguntó Matt ofreciéndole una cerveza.

–No seas imbécil. Ya sabes que fue idea de papá. Con lo que me está costando elegir chef, no quiero imaginarme lo que sería elegir esposa.

–Puedes poner fin a esto cuando quieras. Manda a RW a freír espárragos y vive tu vida. Dedícate a ser feliz.

–Todo el mundo habla de felicidad, pero ¿en qué consiste? Me gusta lo que estoy haciendo. Si me voy ahora, perderé la oportunidad de llevar este hotel a lo más alto. RW buscará a otra persona para que se ocupe.

Y Finn daría a conocer el resto del vídeo y acabaría con él.

–Esta no es la única oportunidad de hacer realidad tu sueño. Puedes abrir un hotel y un restaurante en cualquier otra parte cuando quieras. Pero forjar una relación sólida, construir un matrimonio duradero es un logro de por vida. Date la oportunidad de conseguirlo.

–¿Vas a seguir mareando las bolas o vas a intentar meter alguna?

El hermano de Jeff tenía todo lo que quería: una esposa guapa y cariñosa, un hijo y un trabajo con el que disfrutaba. Lo único que Jeff tenía era una carrera y, si la perdía, se quedaría sin nada.

–Prepárate para perder. Estoy en racha.

En su primer lance, Matt metió dos bolas en la tronera. Jeff puso los ojos en blanco. Iba a ser una partida rápida.

–Sabía que os encontraría aquí –dijo Chloe, entrando por la puerta corredera.

–El Chico Maravilla se está escondiendo de esas cuatro atractivas chefs –dijo Matt, y falló el tiro.

–¿Todavía no has elegido chef?

–No –respondió Jeff y, de un golpe seco, metió la bola en la tronera.

–Vaya, tómatelo con calma o tendrás que comprar una mesa nueva –protestó Matt.

–Lo siento –dijo Jeff mirando a Chloe–. ¿Por qué no la eliges tú?

Chloe sacudió la cabeza.

–Ni hablar, esa no es mi especialidad. Solo estoy echando una mano hasta que el hotel esté funcionando. Papá prometió nombrarme directora de actividades en cuanto tengamos clientes.

–¿No vas a volver a tu estudio de yoga de Los Ángeles? –preguntó Matt.

–No, estoy harta de la superficialidad de Hollywood. Y me vendrá bien descansar un poco de mamá.

–Te entiendo. Jeff y yo llevamos más de una década descansando de ella. ¿Qué tal le va?

–Está en Europa, en un yate con… –comenzó, pero al ver la expresión de Jeff, se calló–. No hablemos de ella esta noche. Jeff, elige a la chef que más te agrade. No te equivocarás.

Al instante, recordó los labios de Michele y golpeó la bola con más fuerza de la que pretendía. La bola salió disparada como un misil en dirección a la cabeza de Matt, que la esquivó justo a tiempo, y se estampó contra el panel de madera de la pared.

–Dios santo, ¿estás intentando romperme la crisma? –dijo Matt.

–Jeff, ¿estás bien? –preguntó Chloe.

–Supongo que estoy un poco… frustrado.

–¿Solo un poco? –dijo Matt, obligando a Jeff a

sentarse en un taburete de la barra–. Anda, siéntate antes de que me rompas la cara.

Jeff suspiró y se sentó al lado de Chloe.

–¿Hay algo que podamos hacer para ayudarte?

–O la elegís vosotros o tendré que echarlo a suertes.

–Tengo entendido que son todas estupendas. ¿No te gusta alguna más que las otras? –preguntó Matt.

Así era, pero no podía tenerla. Michele podía echarlo todo a perder.

En aquel momento, tenía tres objetivos: elegir chef, terminar el restaurante y encontrar una esposa que no lo amase. Necesitaba encontrar dos mujeres que no afectaran ni a su cabeza ni a su corazón. Con Michele, la cabeza le daba vueltas y el corazón le latía desbocado.

Se sentía atraído por ella por muchas razones, no solo porque le hubiera preparado un delicioso sándwich de queso. A su lado, todo era divertido, fácil, intenso… Y no debería volver a pasar o empezaría a arrepentirse de haberle prometido a su padre que se casaría. Por culpa de su padre se sentía confundido.

–Todavía no las conozco lo suficiente como para tomar la decisión y el tiempo se acaba. Ayúdame, Chloe, elige una.

–No voy a elegir por ti –dijo su hermana sonriendo–, pero puedo ayudarte. Matt, vamos a echarle una mano.

–Muy bien, ¿quién queda?

–La delicada Freja de Suecia, la deportista Tonia de Arizona y la picante Suzette de Francia.

–Tacha a la última, no va a quedarse. Sus platos estaban muy buenos, probablemente los mejores, y lo sabe. Pero es muy altiva y vanidosa –dijo Jeff.

–Sí, tiene que irse. No podemos tener dos personas engreídas en la misma cocina –comentó Matt.

–Cierra el pico –protestó Jeff–. Soy un experto en lo mío, no un engreído.

–Ah, queda una más: Michele, la chispeante –dijo Chloe con un brillo especial en los ojos.

–No, Michele también está fuera.

No quiso pararse a pensar por qué le había costado tanto decir aquellas palabras. Quería que se quedara, pero ¿por qué se empeñaba en confiar en ella para convertir al suyo en un gran restaurante cuando ella misma había admitido que no cocinaba como debería? Solo el hecho de que quisiera que se quedara a pesar de sus contradicciones debería ponerlo sobre aviso. Rodeó la mesa de billar, dándole la espalda a su hermana para que no viera la emoción de sus ojos.

Chloe lo tomó por el codo.

–Creía que había decidido quedarse.

–Sí, pero no puedo permitírselo –dijo volviéndose para mirarlos–. Es insegura, inconstante y tengo entendido que sus motivos para haber venido no están del todo claros.

–¿A qué te refieres? –preguntó Matt.

–Ya me gustaría saberlo. Dijo algo de que tenía que ayudar a su hermana. No sé a qué se refería.

–Puede que yo sí –dijo Chloe–. Papá me enseñó su informe. Hizo investigar a cada chef.

–¿Hay alguna razón por la que papá no me lo haya enseñado?

Jeff estaba molesto. Era evidente que su padre seguía ignorándolo como cuando era niño.

–¿Le has pedido el informe? Supuse que el equipo de papá investigaría a las candidatas durante el proceso de selección, así que pregunté. Es impensable que papá hubiera accedido a esto con los ojos cerrados.

Jeff se sintió más estúpido todavía por no haber caído en la cuenta.

–¿Qué decía el informe de Michele? –preguntó Matt.

–Michele cuida de su hermana, que tiene síndrome de Down. Se ocupa de todos sus gastos, incluyendo los médicos y el alojamiento. Vive en una residencia y no creo que sea barata –explicó Chloe.

Jeff no se esperaba aquello. Su corazón se enterneció.

–Ya sabía que me caía bien –dijo Matt.

Y a Jeff también. Pero ¿debería importarle? No.

–Esto son negocios. El restaurante no puede aspirar a ser de primera categoría sin un buen chef.

–¿La señorita Cox no es tan buena como las demás? –preguntó Matt.

–Esa es la cuestión. Creo que es la mejor o, al menos, lo era. Algo le ha pasado que le ha hecho perder la confianza. Es como si hubiera perdido... no sé, la pasión.

–He trabajado con artistas y actores en mi estudio de yoga de Hollywood que eran como Michele. Cuando su espíritu se viene abajo, les cuesta recuperarse. Algunos nunca lo consiguen. ¿Qué le ha pasado a ella?

No lo sabía y no debería importarle.

–No es asunto mío.

Pero aquella expresión que había visto en el vídeo que le había mandado junto a su solicitud le hizo desear averiguar de qué se trataba.

–¿Quieres saber mi opinión? –dijo Matt dándole una palmada en la espalda–. No renuncies a ella aún. Espera a ver si puede recuperar esa pasión.

–Es ella la que ha renunciado.

–Pero volvió. Tú mismo dijiste que se siente insegura, ¿recuerdas? Estoy de acuerdo con Matt. Dale otra oportunidad –terció Chloe.

La idea de tenerla cerca un día más le animó. Era lo que quería, aunque sabía que no debería.

–De acuerdo. Le daré un día más. Si no lo pasa, tendré que dejar que se vaya.

–Muy bien. ¿Qué tenemos entonces? –preguntó Matt.

–Tres candidatas: Michele, Freja y Tonia. Yo tendría cuidado con Tonia. Tiene unas curvas de infarto y sabe muy bien cómo usarlas –dijo Chloe.

–No puedes culparla por ser tan atractiva –comentó Matt.

–Es fácil imaginarse a Tonia fingiendo en el vídeo del ascensor –explicó Chloe.

–¡Espera! –exclamó Jeff–. ¿Cómo sabes que la camarera del vídeo estaba fingiendo?

–¿En serio? ¿No lo hace todo el mundo? Dudo mucho de que fuera una camarera, yo diría que era una actriz porno.

–Alguien la contrató para que me asaltara en el ascensor. Nunca antes la había visto.

Jeff apoyó el palo sobre la mesa para que no se dieran cuenta de que le temblaban las manos.

–¿Te asaltó? –preguntó Matt–. ¿Una completa desconocida se te echó encima?

–No quiero hablar de eso –respondió Jeff apretando los dientes.

Sus músculos se tensaron, dispuestos a lanzarle un puñetazo.

–Vaya, así que una mujer… ¿Te pasa con mucha frecuencia?

Su tono era serio. Jeff le creía.

Chloe se tapó la boca con la mano, horrorizada. Los ojos se le llenaron de lágrimas.

–Hablemos de otra cosa –aulló.

–Lo siento, Jeff. No sabía lo que había pasado –dijo Chloe y le acarició la espalda–. Te vendría bien hablar con alguien de esto. Si no quieres hacerlo con nosotros, habla con Angel. A papá le ha venido muy bien.

–No necesito terapeutas. Lo que necesito es trabajar para olvidarlo.

Chloe y Matt se cruzaron la mirada.

–Bueno, recuerda que aquí nos tienes si nos necesitas, hermanito –dijo Matt.

–Está bien. ¿Podemos seguir hablando de las chefs? Se supone que ibais a ayudarme a elegir a una, no a psicoanalizarme.

Chloe asintió.

–Claro, estábamos hablando de Tonia. Si es ella la que eliges, la gente de papá tratará de suavizar su imagen sensual ante las cámaras.

¿Quería una empleada complaciente trabajando para él? ¿Quería a alguien falso y superficial? Con todas las chefs había intentado conectar. La imagen de Michele y sus hoyuelos se formó en su cabeza. Luego sus curvas, seguidas por sus suaves labios. Cuánto deseaba volver a besarla.

No, no podía pensar en cómo lo había embaucado con sus labios. Había accedido a darle una oportunidad más, pero si no podía guardar la compostura, la mandaría de vuelta a su casa.

–Freja es alta, regia, elegante y guapa como una modelo. Tiene una reputación magnífica en Suecia. Sus primeros platos son increíbles, pero…

–¿Pero qué?

–No me malinterpretes, pero ¿por qué está aquí? Tiene sentido que sea famosa en Suecia. Ha aparecido en más portadas que tú, Jeff. ¿Por qué dejarlo todo para venir a trabajar contigo? ¿Qué saca ella de todo esto?

–Vaya manera de hundir el ego de uno, hermanita –dijo Matt.

–Pero tiene razón –intervino Jeff–. Y antes de que Lily se marchara, me dijo que tuviera cuidado. Tal vez haya alguien cuyas pretensiones no son del todo sinceras.

–¿Te dijo Lily de quién debías cuidarte? –preguntó Matt.

–No, pensé que se refería a Michele, pero supongo que podría ser cualquiera de ellas o incluso todas.

–¿Por qué no las ponemos a prueba y averiguamos sus verdaderos motivos para haber venido?

–¿Ponerlas a prueba? ¿Cómo?

–Déjamelo a mí –contestó Chloe–. Buscaré una excusa para que tengas ocasión de hablar con cada una de ellas y descubrir por qué están aquí.

Jeff se pellizcó el puente de la nariz.

–Habíamos quedado en que no sé entablar relaciones.

–Inténtalo hasta que aprendas. Y confía en mí, esta etapa del concurso te ayudará a elegir –dijo Chloe.

Matt sonrió.

–Parece un programa de citas.

Y sin más, Jeff le dio un puñetazo a su hermano porque sí.

Capítulo Nueve

Michele se levantó pronto y llamó al departamento de cobros de la residencia de Cari. Se había quedado sin fondos. No tenía para pagar la renta.

Cuando la contable le dijo que todos los gastos del mes habían sido pagados por Industrias Harper tuvo que ahogar un grito. Jeff Harper era una caja de sorpresas. No sabía cómo se había enterado de los gastos de la residencia de Cari, pero le estaba agradecida.

Al bajar la escalera para ir a darle las gracias, se cruzó con Chloe.

—Buenos días, Michele, qué pronto te has levantado. ¿Todavía no has hecho el cambio horario?

—Soy madrugadora.

Y noctámbula. En Alfieri´s, siempre había sido la primera en llegar y la última en marcharse.

—Hoy deberías relajarte. He organizado salidas individuales con Jeff para que pueda conoceros a cada una un poco mejor. Las otras dos chefs van a pasar la mayor parte del día con él. Tengo pensado algo para ti esta noche, pero todavía está en el aire. Te avisaré cuando lo sepa seguro.

Aquel estaba siendo un extraño proceso de selección.

—Así que no veré a Jeffrey en todo el día, ¿no?

—No, a menos que te cruces con él —respondió

Chloe, ladeando la cabeza–. Está muy ocupado. Aprovecha y disfruta del día: báñate en la piscina, pasea por los jardines, ve a la playa… Si te gusta la comida mexicana, te aconsejo que vayas al pueblo y comas en el restaurante de Juanita. Dile que vas de parte de Jeff. Mientras estés aquí, todo corre por cuenta de Industrias Harper.

Michele abrazó a Chloe, con lágrimas en los ojos.

–Gracias por pagar la renta de mi hermana también.

Chloe se apartó y sonrió.

–No he sido yo. Anoche, Jeff comentó que tenía que hacer unas gestiones con el banco antes de irse a la cama. Ha debido de ser él el que ha pagado la renta de tu hermana. Aunque se muestre engreído y arrogante, tiene un gran corazón. Espero que le des una oportunidad.

Michele se quedó sorprendida. ¿Darle una oportunidad? ¿No se suponía que era al contrario? Era él el que le había dado una segunda oportunidad y estaba decidida a no desaprovecharla.

–Disfruta tu día libre –dijo Chloe dándole una palmada en el hombro.

Eran sus primeras vacaciones en cinco años. De camino a su habitación, Michele vio a Suzette saliendo por la puerta con su equipaje. Increíble, Jeffrey había prescindido de la reina de la cocina francesa. No tenía sentido que Suzette hubiera quedado fuera del concurso y ella todavía siguiera participando. ¿Por qué la retenía Jeffrey?

Se puso unas zapatillas cómodas para caminar, una chaqueta y se dispuso a explorar Plunder Cove.

Apenas había salido al camino de acceso cuando un coche gris se acercó a la casa y se detuvo cerca de ella. El conductor bajó la ventanilla.

–¿Necesita que la lleve a algún sitio, señorita?

–¿Cuánto se tarda en llegar al pueblo caminando?

–Unos veinte minutos. El camino es cuesta abajo.

–Iré caminando entonces. El sol y la brisa me vendrán bien.

–Si compra algo en el pueblo, llámeme para que la recoja –dijo entregándole una tarjeta.

Michele leyó la tarjeta y sonrió: Robert Jones, *conductor de Industrias Harper. Para recogidas, llame a la baticueva de Alfred.*

–Gracias, Robert. ¿O prefiere que le llame Alfred?

–Como quiera, señorita. Jeffrey me llama Alfred.

¿A Jeffrey le gustaba Batman? No se lo esperaba. De niña, le encantaba leer aquellos cómics. Se imaginaba que ella era una superheroína con poderes para salvar a su madre y a su hermana de la enfermedad. Su madre les había hecho disfraces.

–Entonces, yo también. Por cierto, me llamo Michele.

–Lo sé, señorita.

Se despidió de ella agitando la mano, dio media vuelta y volvió a la baticueva.

Michele sonrió al imaginarse a Jeff y a su hermano persiguiéndose por las amplias estancias y corriendo por los jardines. Debía de haber sido una casa muy divertida para jugar, pero entonces recordó que Jeffrey le había contado que lamentaba que sus padres hubieran tenido hijos. Quizá no fuera un sitio tan perfecto. Se sentía halagada de que le hubiera hablado de su niñez. Aquello la conmovió. Tenía la sensación de que no le gustaba hablar de sí mismo y se había sorprendido al confiar en ella. A la vista de su franqueza y amabilidad quería confiar en él y demostrarle que servía para el trabajo que necesitaba. Cuanto más pensaba en Jeffrey Harper, en su sonrisa, sus ojos azules, su pecho ancho… Bueno, tal vez estaba pensando demasiado en él. Cuanto más lo hacía, más deseos tenía de quedarse.

–¿Qué demonios…?

Junto a su hermana, Jeff observó a Freja recorrer la rampa de acceso al barco como si de una pasarela de modelos se tratara. Llevaba unos pantalones largos de crepé, una blusa de flores, un pañuelo de seda, un gran sombrero y zapatos de tacón.

–Calla y diviértete –le dijo Chloe.

Soltó amarre, encendió el motor y zarparon. En menos de una hora volvieron.

Chloe debió de verlos entrar en la bahía desde la casa porque lo estaba esperando en el muelle.

–¡Qué rápido! ¿Has…? Oh, dios mío, ¿qué ha pasado?

Jeff le ofreció su mano a Freja para ayudarla a desembarcar, pero ella le rechazó. Estaba empapada, al igual que él.

–Una chef no tiene que salir a buscar la comida –dijo Freja dirigiéndose a Chloe, renqueando al pasar a su lado.

–Tiene razón –convino Jeff y ladeó la cabeza

72

para quitarse el agua de los oídos–. Me debes un móvil.

–¿Qué ha pasado? –preguntó Chloe.

–Resumiendo: si alguna vez empiezo a comportarme como un divo solo por salir en televisión, bájame los humos.

Chloe le dio un puñetazo en el brazo.

–¡Lo digo en serio! Freja se comporta como si hubiera cámaras por todas partes. No ha parado de moverse para mostrar su lado bueno a esos objetivos imaginarios. Si se hubiera quedado quieta junto a la barandilla como le dije, no habría perdido el equilibrio ni se habría caído al agua. Tampoco habría tenido que rescatarla.

–¿Acaso piensa que estamos grabando en secreto? –preguntó Chloe conteniendo la risa.

–Al parecer sí –contestó Jeff y echaron a andar hacia la casa–. Le he contado la verdad, pero no se la cree.

–Así que no has conectado con ella en el plano personal.

–He salvado su vida y ese enorme sombrero que lleva. ¿Eso no cuenta?

Chloe sacudió la cabeza.

–No, pero nos da algunas pistas. Le gusta llamar la atención, algo que no nos viene mal porque sabe cómo trabajar ante las cámaras. Tiene muchos seguidores en Europa y es guapa. A menos que no la soportes, creo que no deberías prescindir de ella.

–No he dicho que no pueda soportarla, aunque es difícil comunicarse con ella. No escucha lo que le digo y tampoco me he divertido con ella.

¿Desde cuando importaban aquellas cualidades

en un chef? Michele Cox le estaba afectando demasiado.

–Date una ducha caliente y ve a los establos a la una para encontrarte con Tonia.

Se había levantado al amanecer, había pasado la mañana pescando y haciendo labores de rescate en mitad del mar, y tenía que montar a caballo por la tarde. ¿Pretendía su hermana acabar con él?

–Espero poder meterme en el jacuzzi esta noche. Hace tanto que no monto a caballo que supongo que no podré sentarme en una semana.

Se imaginó compartiendo las burbujas con Michele y apartó aquella visión de la cabeza.

–Claro, después de cenar –dijo Chloe–. Dice papá que no le da tiempo a llegar a la cena de la asociación de hoteles y restaurantes de California de esta noche. Tendrás que ir por él.

–Ni hablar –farfulló dirigiendo una mirada sombría a su hermana.

Todavía no estaba preparado para exponerse al público. El restaurante aún no había abierto y el hotel era todavía un proyecto. Era demasiado pronto.

–Papá sabía que ibas a decir eso, así que te ha preparado unos folletos informativos del hotel. Son espectaculares, Jeff, y no hay nadie mejor que tú para explicarlo.

¿No era él el que estaba al mando del proyecto? A veces no lo parecía. Lo que había pasado con aquel vídeo le había asestado un duro golpe, pero se estaba esforzando por ser más fuerte, más sabio y más prudente.

Como Michele.

74

Capítulo Diez

Era el pueblo más pequeño en el que había estado. En la calle principal había varias tiendas, una vieja iglesia, una gasolinera. De ella partían tres calles más hacia la zona residencial. Paseó por una de ellas en dirección a la playa.

Había un hombre lavando una moto en un camino de entrada y, al pasar, la miró.

–Señorita Cox, ¿está perdida?

Era Matt, el hermano mayor de Jeffrey.

–Estoy buscando la playa.

–Siga caminando unos quinientos metros y encontrará el acceso. Siga las indicaciones y evite la zona de anidación de los chorlitos.

–Así lo haré. ¿Hay algún sitio recomendable para comer?

–La mejor comida mexicana la encontrará en Juanita´s, la cafetería de mi suegra. No es un sitio lujoso, pero no deje de ir.

¿Suegra? Qué interesante que un millonario dejara Casa Larga para casarse con alguien del pueblo e irse a vivir allí.

–Ah, señorita Cox, apuesto por usted.

Le gustó que alguien volviera a confiar en ella. Tal vez podía conseguirlo.

–Gracias.

Volvió a recorrer la calle principal y encontró

la tienda y cafetería de Juanita. El olor a barbacoa le abrió el apetito. Había unas cuantas mesas en el patio, llenas de gente hablando y riendo. En todas las mesas había un cuenco con nachos y una salsa que parecía casera. Se le hizo la boca agua. No había ninguna mesa libre.

–¿Quieres sentarse con nosotras? –le preguntó una mujer madura.

–Sí, venga, no nos importa compartir mesa. Bueno, a Nona sí –dijo una segunda mujer.

–Os dije que os pidierais uno para vosotras –protestó una tercera, mojando un nacho en guacamole–. Adelante, siéntese –añadió, señalando una silla.

No le quedó otra opción a Michele.

–Gracias, me llamo Michele –dijo tomando asiento.

–Debe de ser una de las cocineras de Jeffrey, ¿verdad? Yo soy Alana, ella es Flora y la que no quiere compartir el guacamole es Nona. Somos hermanas.

–No me gusta compartir gérmenes –farfulló Nona.

–Mi hermana y yo siempre nos pelábamos por la comida. Cuánto la echo de menos.

–Nosotras también perdimos una hermana, pero por suerte la recuperamos –dijo Nona–. Descanse en paz su hermana.

–Oh, no, mi hermana vive en Nueva York y está bien, más o menos. Es solo que estoy acostumbrada a verla cada día y esta separación me está resultando difícil.

–No sé qué haría yo sin estas dos –terció Alana–. Pero coma –añadió acercándole le cuenco de nachos–. Llamaremos a la camarera para que le tome la comanda.

–¿Cómo va el concurso? –preguntó Nona–. Tengo entendido que solo quedan tres chefs.

–El concurso es apasionante, pero tengo pocas posibilidades.

–¿Por qué piensa eso?

–Creo que he perdido la confianza y el talento.

–Debería aprender de Jeffrey. Después de cómo le trataba su madre, es increíble que no haya acabado loco como su padre –dijo Alana–. Esos dos eran insoportables.

–Cállate –ordenó Nona, reprendiendo a Alana–. Eso no es asunto tuyo.

–Jeffrey me contó que sus padres solían discutir –afirmó Michele.

–Me sorprende que haya hablado de eso. Eso es que confía en ti, pero no creo que debamos echar más leña al fuego.

Nona dirigió una mirada severa a sus hermanas para que no hablaran más de la cuenta.

–Claro –continuó Alana, levantando la barbilla en actitud desafiante–, y que nadie se entere de cómo esa malvada mujer ignoraba a su hijo día tras día y le gritaba sin razón.

–Eso es horrible –dijo Michele.

–Esa mujer fue una madre terrible –intervino Flora–. No se merecía esos tres hijos maravillosos. Mira Jeffrey, con su pelo pelirrojo y esas pecas tan adorables. ¿Quién no iba a quererlo?

–Espero que esa mujer no vuelva nunca –añadió Alana.

–En una ocasión, le contó a todo el mundo que

había pegado al pequeño Matthew. Si no le hubiera quitado el cepillo de la mano, no sé qué habría pasado –comentó Nona.

–Ahora entiendo por qué el ambiente en esa casa es tan frío. Me alegro de que su madre no forme parte de la familia.

–Todos nos alegramos. Todo va mucho mejor –afirmó Nona–. Angel está allí para ayudar a RW. Lo ha convencido para que busque el perdón de todos a los que hizo daño en el pasado. Créame, la lista es larga. Pero como quiere cambiar, le ha pedido a sus tres hijos que vuelvan a casa y es estupendo tenerlo de vuelta. Ya veremos si lo perdonan o no.

Michele no sabía quién era Angel ni por qué RW necesitaba recuperarse, pero evitó hacer preguntas. Quería saber más de Jeffrey. Tal vez pudiera ayudarlo antes de volver a casa. Era lo menos que podía hacer por él después de haber corrido con los gastos de su hermana.

–Cuesta creer que tuviera una infancia tan difícil porque es tan...

–Guapo –la interrumpió Flora.

–Fuerte –añadió Alana.

–Inteligente –dijo Nona.

–Sí, es cierto que es todas esas cosas, pero iba a decir que es muy seguro de sí mismo.

–Pero está solo. Necesita que alguien cuide de él como no lo hizo su familia. Si encontrara una esposa...

Las tres mujeres se volvieron hacia Michele.

Necesitaba el trabajo que Jeffrey estaba ofreciendo, pero no un marido. Su hermana dependía de ella. No podía liarse con un playboy que había declarado públicamente que nunca se casaría. Aquello sería lo opuesto a encontrar la estabilidad. Además, era incapaz de confiar en un hombre después de que Alfieri la hubiera traicionado.

La intención de aquellas mujeres era buena, pero casarse con alguien tan sexy como Jeffrey Harper no formaba parte de sus planes. Además, con todas las mujeres con las que Jeffrey salía, no era posible que se sintiera solo.

RW estaba en el balcón, contemplando su vasta propiedad. Los jardines y pastos se extendían por las verdes colinas hasta acabar en una playa privada. A lo lejos en el océano, se divisaban sus nueve torres de perforación de petróleo. Estaban iluminadas como si de árboles de Navidad se tratara. Muchos lo consideraban un hombre de éxito, que había creado un gran legado para sus hijos.

Pero RW no se engañaba. Ni las propiedades ni los negocios significaban nada para él. Lo que de verdad le importaba era mejorar la relación con sus hijos y conquistar el corazón de la mujer sin la cual no podía vivir, además de protegerlos a todos.

Angel llamó a la puerta y entró.

—¿Va todo bien?

—Ahora que estás aquí, sí.

—Tu mensaje decía que viniera inmediatamente.

—Supuse que te vendría bien descansar un rato de ese niño.

—El hijo de Cristina está inquieto, pero no es culpa suya. Echa de menos a sus amigos… y a los otros.

Odiaba ver cómo su dulce expresión pasaba a ser de pánico cada vez que recordaba a su exnovio, Cuchillo, y a su banda. Había conseguido escapar de milagro de aquellos delincuentes siendo una adolescente embarazada. Llevaba años en Plunder Cove ocultándose como propietaria de un restaurante mexicano y, desde que había ayudado a Cristina y Sebastián a huir, pensaba en su ex más a menudo.

RW tomó el mando a distancia, apretó un botón y empezó a sonar una dulce melodía mexicana.

–Baila conmigo –dijo ofreciéndole su mano.

–¿Cómo te has enterado de que esta es mi canción favorita desde niña?

–Me lo dijo un pajarito. No le cuentes a tus nietos secretos a menos que quieras que se entere todo el mundo.

Angel tomó su mano y RW la estrechó contra él. Angel era un sueño del que no quería despertarse. Unió su mejilla a la de ella y empezaron a moverse al ritmo de la música mientras él le susurraba la letra de la canción al oído.

–Paloma mía, mi amor, mi corazón. No te alejes de mí, no podría vivir sin tu amor. No sé respirar si no estás a mi lado. Mi corazón late por ti. Eres mi vida, lo eres todo para mí.

Unas lágrimas afloraron de los ojos de Angel y RW la besó con toda la pasión de su corazón enfermo. Latía con fuerza cada vez que la tenía al lado.

Ella se aferró a su cuello y le devolvió el beso con la misma intensidad. RW deslizó las manos por sus hombros hasta la cintura y la atrajo hacia él.

–RW –susurró Angel con voz entrecortada–. Cierra la puerta.

Capítulo Once

Michele iba cargada de bolsas. Había comprado toda clase de ingredientes en la tienda de productos mexicanos de Juanita, pero no había llegado a conocer a la propietaria. Le habría gustado hacerle unas cuantas preguntas sobre los Harper.

Lo que aquellas tres hermanas le habían contado no parecía posible. Era increíble que una familia tan rica y famosa tuviera unos problemas tan graves. Admiraba a Jeffrey por haber alcanzado el éxito después de haber crecido en un entorno así, especialmente después de que le echaran de casa a los dieciséis años. En comparación, su infancia había sido maravillosa. Su padre había muerto cuando ella tenía diez años y su madre había tenido que hacer el papel de ambos progenitores. Su madre había sido la mejor del mundo, a pesar de que el cáncer se la había llevado demasiado pronto. El amor que le había procesado su madre le había puesto en una situación mucho más difícil al tenerse que ocupar de Cari. No podía iniciar una relación con Jeff ni con ningún otro hombre hasta que tuviera bajo control todas sus responsabilidades.

Michele se hizo a un lado en la acera y dejó las bolsas en el suelo para buscar el móvil en el bolso. Sacó la tarjeta y sonrió mientras marcaba el número.

–Soy Michele Cox. ¿Estoy hablando con Alfred, de la baticueva?

–Sí, así es. ¿Quiere que vaya a buscarla, señorita?

–Sí, gracias. Estoy en la puerta de la cafetería de Juanita.

–Muy bien, enseguida estaremos ahí.

¿Estaremos? Su corazón se aceleró. ¿Iría Jeffrey a buscarla también?

Esperaba ver el mismo coche en el que había visto a Alfred aquella mañana, pero apareció en un Bentley descapotable. Alfred llevaba una gorra mientras que su acompañante llevaba su larga melena rubia volando al viento. Era Chloe y no Jeffrey.

–Hola, Michele. Se me ocurrió venir para poder parar en una tienda de camino a casa. Me sentaré contigo atrás. Alfred, llévanos a Carolina´s.

Michele le dio las bolsas a Alfred para que las guardara en el maletero.

–¿De qué es la tienda?

–De ropa para fiestas y ceremonias. Crucemos los dedos a ver si encontramos algo para que te pongas esta noche.

Había paseado por el pueblo y no recordaba haber visto una tienda con ese nombre.

–No entiendo –dijo Michele.

–Para tu salida con Jeff. Es una manera diferente de que os conozca mejor a cada una. Freja ha salido a pescar con él esta mañana y Tonia a montar a caballo.

–Nunca me he subido a un barco y me encanta montar a caballo. Qué planes tan divertidos.

–Y esclarecedores –dijo Chloe sonriendo–. Las

aventuras de las otras dos chefs han sido en Plunder Cove. La tuya será en una ciudad costera llamada Seal Point. Matt llevará a Jeff en avión a la reunión de la asociación de hoteles y restaurantes de California. Después habrá una cena en la que habrán muchos peces gordos y prensa. A Jeff no le apetece ir, pero es importante que vaya para dar a conocer el futuro hotel de Plunder Cove. Y, admitámoslo, le vendrá bien para mejorar su imagen. Lo único que tenéis que hacer es asistir juntos a la cena y luego Alfred os llevará de vuelta a casa.

¿Una cita?

Tenía que tener la vista fija en su objetivo, el puesto de trabajo, y no aquel hombre tan sexy. Tener una cita con él sería peligroso. A pesar de que habían saltado las alarmas en su cabeza, sus labios estaban deseando volver a rozar los de Jeffrey. Una cita de verdad podía resultar demasiado tentadora.

–Es una noche muy importante para mi hermano. Por favor, dime que le ayudarás –dijo Chloe–. Tenemos que hacer algo para reparar su imagen.

Michele se sentía más cómoda en un segundo plano, en la cocina, que comiendo con la gente importante. Pero estaba dispuesta a acompañar a Jeffrey para demostrarle que podía representar a Industrias Harper en cualquier situación y convencerle así de que la eligiera.

–Dime qué tengo que hacer para ayudarle.

–A mi hermano le gustas –dijo Chloe tocándole el brazo–. Sé tú misma, Michele, y disfruta.

***

83

Jeff cambió de postura para aliviar el dolor de espalda y contuvo un bostezo. Tonia era un desastre montando a caballo y no había parado de hacerle preguntas sobre su hermano, su hermana, su padre y todos los que vivían en Casa Larga. Por suerte, habían acortado la salida y se había ahorrado las respuestas. De no haber sido así, habría sido incapaz de soportar el discurso que el gobernador estaba pronunciando en aquel momento.

Miró a su alrededor en la sala de conferencias. Estaba lleno de peces gordos de la industria hotelera de California y algunos pececillos que se estaban abriendo camino. ¿Dónde encajaba él? Probablemente en la segunda categoría después de que su reputación hubiera mermado, pero trabajaba para una de las compañías más grandes del mundo.

Sacó su teléfono y comprobó que no había nuevos GIF. Debería sentirse aliviado, pero estaba preocupado. ¿Habrían convencido los abogados a Finn para que cejara en su actitud o estaba preparando una nueva serie de vídeos?

Justo en aquel momento recibió un mensaje de Chloe.

—Hermanito, me debes una.

—¿Por qué?

—Ya lo verás. ¿Qué tal la reunión?

—El aburrimiento me está matando. ¿Por qué te debo una?

—Por la aventura de esta noche.

Jeff frunció el ceño.

—Se acabaron las aventuras por hoy. Estoy agotado. En cuanto acabe esta reunión interminable, me voy a casa a meterme en la cama.

–No puedes. Papá me ha pedido que me asegure de que te quedas a la cena.

–No.

Su hermana sabía muy bien que odiaba comer solo, tanto o más que hacerlo con desconocidos.

–Venga, es importante que te relaciones y des a conocer el hotel. Muéstrales el folleto, explícaselo. Además, tu cita está de camino.

El pulso se le aceleró.

–¿Mi cita?

–No te preocupes, te he mandado un esmoquin en el avión y Matt te lo ha llevado al hotel. Lo tienen en el vestíbulo. ¡Pásalo bien! Alfred os traerá de vuelta a la baticueva cuando quieras. Tengo que colgar, ya me darás las gracias mañana.

–¿Quién es mi cita?

No obtuvo respuesta.

–¡Chloe!

Los mensajes cesaron y pasó el resto de la reunión preguntándose quién aparecería. ¿Sería una cita de verdad o parte del proceso de selección?

¿Quién sería su cita? Ya había pasado un rato con Freja y con Tonia. ¿Sería la dulce y cándida Michele?

No la había visto en todo el día y la echaba de menos. Era la única chef con la que había conectado a nivel personal. Además, no podía dejar de pensar en el beso de la cocina.

Confiaba en que no fuera Michele porque se distraería. Cuando la tenía cerca, le resultaba difícil concentrarse en algo que no fueran sus ojos, su pelo, su sonrisa… Iba a tener problemas si su cita resultaba ser Michele.

O peor aún. Si aquellos peces gordos la intimidaban, aflorarían sus inseguridades y se marcharía a su casa al día siguiente. Tenía una misión que cumplir y no podía seguir poniéndose excusas. Tenía que prescindir de ella, y eso sería lo peor.

Michele se sentía nerviosa en el asiento trasero de la limusina mientras que Alfred conducía.

–Parece una estrella de cine, señorita Cox, y esta noche será tratada como tal. Relájese. El trayecto por la carretera de la costa es precioso.

Era cierto. La carretera serpenteaba la costa, ofreciendo magníficas vistas sobre el océano Pacífico.

–Ya hemos llegado a Seal Point –anunció Alfred, segundos antes de detener el coche ante la entrada de un edificio de dos plantas.

Se había imaginado un edificio más grande y recargado, y se sorprendió gratamente cuando vio una construcción rústica de madera sobre un acantilado. Los jardines estaban iluminados con antorchas y el sol era una bola naranja a punto de fundirse con el océano. Sintió la caricia de la brisa marina. El entorno era muy romántico. En el interior de aquel hotel esperaba el hombre que podía hacer realidad sus sueños profesionales y tentarla con destruirlo todo. Lo deseaba, pero sabía que no podía dejarse llevar por sus deseos.

Alfred le abrió la puerta.

–¿Preparada, señorita?

Nunca antes la habían maquillado e iba perfectamente peinada. El vestido que Chloe le había comprado era de color rosa claro y se ajustaba a sus curvas como un guante.

Por primera vez desde que dejó su ciudad natal para trabajar con Alfieri, Michele se sentía guapa, especial, aunque fuera solo por una noche. Estaba en un sitio romántico, pero no por amor. Su misión era hacer que Jeffrey pareciera respetable, así que no podía dejar que sus bonitos ojos azules o su voz profunda le afectaran.

Era una cena de negocios, nada más. Había accedido porque Jeffrey la necesitaba y, si la veía desenvuelta, quizá la eligiera para su restaurante.

«Meterás la pata como siempre. Le harás pasar vergüenza delante de todos».

—¡Cállate, Alfieri! —murmuró entre dientes.

—Señorita, ¿ha dicho algo?

Alfred se quedó junto a la puerta, esperando a que saliera de la limusina.

Sus piernas eran incapaces de moverse.

—Si le pido que me lleve de vuelta a la baticueva, ¿lo haría?

—¿Es eso lo que quiere? —preguntó Alfred.

«Si me voy ahora, podría volver directamente a Nueva York».

Michele tragó saliva.

—No, es solo que estoy un poco nerviosa. No estoy acostumbrada a esta clase de fiestas.

Ni a tener citas con un hombre rico y famoso. ¿A quién quería engañar? No estaba acostumbrada a tener citas. Hacía años que no salía con un hombre.

—¿Dónde tengo que ir?

—Seguro que habrá alguien en el vestíbulo que pueda indicarle dónde es la cena.

–Claro, gracias.

–Me quedaré aquí fuera esperándoles. Cuando quieran, los llevaré de vuelta a Plunder Cove. Creo que lo va a pasar muy bien. Haga lo que le ha dicho Michele, y sea usted misma.

–Gracias, Alfred.

Respiró hondo y se dirigió al vestíbulo. Una vez dentro, siguió el sonido del piano. El restaurante era precioso, lleno de ventanas, manteles blancos y velas. Miró a su alrededor y lo encontró. Estaba muy guapo con esmoquin. Sus anchos hombros destacaban bajo la chaqueta y el pantalón realzaba sus largas piernas y su estrecha cintura. La boca se le hizo agua.

Jeff parecía estar buscando a alguien con la mirada. ¿Sería a ella? Cuando sus miradas se encontraron, lo saludó con la mano. Parecía sorprendido. Se puso de pie y le devolvió el saludo.

–Vaya –leyó en sus labios.

Se quedó sin respiración y se le aceleró el pulso. El resto de la gente que estaba en el salón desapareció, incluido el pianista. Solo tenía ojos para Jeffrey y la sonrisa de sus labios.

Se recordó que aquella era una respetable cena de negocios, aunque no pudo evitar preguntarse a qué sabrían aquellos labios.

Capítulo Doce

Al principio, Jeff se preguntó si le habrían dado plantón.

La cena estaba a punto de ser servida y ya no sabía de qué hablar con sus compañeros de mesa. Le aburría aquella conversación insulsa y los juegos de poder. Los organizadores del encuentro lo habían colocado en una mesa de advenedizos. Los peces gordos de la industria hotelera estaban sentados en las primeras mesas, junto a las ventanas con vistas al océano. Bebían y reían estrepitosamente, mientras que él estaba sentado con aquellos payasos, apretando los puños bajo la mesa. Si su cita no aparecía pronto, se iría.

Entonces la vio.

Michele apareció en el salón con un bonito vestido rosa que dejaba sus hombros al descubierto y acentuaba sus pechos, su cintura y sus caderas. Llevaba la melena rubia recogida en un moño, dejando ver su cuello esbelto. Una cadena de oro con lo que parecía un corazón caía sobre su escote. Volvió a subir la mirada deteniéndose en sus labios y sus ojos.

–Vaya.

Había ido para acompañarlo en aquella aburrida cena de negocios, eso era todo. Pero se excitó solo con mirarla. Su corazón empezó a latir con fuerza, señal de que no debía implicarse demasiado. Entonces, Michele levantó la mano y le sonrió.

Alguien de su mesa le hizo una pregunta, pero no respondió. Su cuerpo se sentía atraído por ella y echó a andar en su dirección antes de darse cuenta de que se había levantado de la silla.

–Dios, estás muy guapa –dijo tomándola del brazo sin pararse a pensar en lo que hacía.

–Tú también.

Se sonrojó y lo miró. Su voz era suave y solo él pudo oírla.

La acompañó hasta la mesa, deseando marcharse a otro sitio para estar a solas. Pero estaban sirviendo la comida y había ido hasta allí por él, para presentar su sueño a los que movían los hilos. Tenía que dejar que cenara antes de llevársela de allí.

Le apartó la silla y ella le dio las gracias sin dejar de mirarlo a los ojos.

Estaba muy sexy sin pretenderlo. Tenía un serio problema.

Se sentó rápidamente e hizo las presentaciones. Michele sonrió y estrechó la mano de sus compañeros de mesa.

–He pedido carne para los dos. La otra opción no me gustaba.

Al echar la silla hacia delante, su muslo fue a dar con el de ella. El roce fue como una descarga eléctrica. Ella no se apartó, así que dejó la pierna donde estaba.

–Así que te ibas a comer la mía también –dijo ella sonriendo–. Si te portas bien, la compartiré.

Michele se quedó mirándolo unos segundos antes de volverse hacia la mujer que tenía al lado.

–Hábleme de su hotel. ¿Tiene restaurante?

La comida llegó y Jeff comió en silencio, sin dejar de observar a Michele. Estaba completamente atenta a lo que cada persona decía y recordaba cada nombre. Se comportaba como si fuera ella la que había ido a representar a Industrias Harper y no él.

Era increíble. Su gracia y su simpatía le hicieron darse cuenta de la realidad: era un imbécil engreído y egoísta como Finn.

Y como RW.

La idea de que se estaba volviendo como su padre lo hizo moverse incómodo en su asiento. Se había jurado nunca ser arrogante, insensible y cruel como su padre, y llevaba toda su vida luchando contra ello. Esa había sido la primera razón para crear *Secretos entre sábanas*, para luchar contra los canallas altivos que se creían los dueños del mundo. En televisión se mostraba arrogante y divertido, pero no se creía superior. ¿O sí?

La música comenzó a sonar fuera y la gente salió al patio a bailar.

–¿Estás bien? –preguntó ella, acercándose para susurrarle al oído–. Apenas has dicho nada.

–Soy un idiota.

–¿He hecho algo mal? –dijo confundida.

–No, cariño, lo estás haciendo todo muy bien. Soy yo el que esta noche está un poco… apagado.

–Tienes derecho. No espero que seas perfecto.

Vaya, lo había vuelto a hacer.

Michele tenía un gran talento para sorprenderlo. La mayoría de la gente que conocía esperaba que fuera perfecto: su agente, su productor, sus seguidores, sus citas y su padre. De niño, nunca era lo suficientemente bueno. En el programa, Jeff tenía que superarse en cada episodio.

Antes de aquel momento con Michele, no se había dado cuenta de lo extenuante que era su vida.

—Nos pasa a todos —prosiguió Michele—. Si no te apetece quedarte, podemos irnos o… —dijo ladeando la cabeza hacia la música—, podemos mover el esqueleto en la pista de baile. Eso es lo que hace mi hermana cuando se siente… apagada.

—No sé si te han llegado los rumores, pero lo cierto es que solo un Harper sabe bailar, y no soy yo. ¿Estás dispuesta a hacer el ridículo?

—No te preocupes, a mí tampoco se me da bien. La primera y última vez que bailé fue en mi fiesta de graduación, si es que a aquello se le pudo llamar baile.

Jeff se puso de pie y le apartó la silla.

—Entonces, puede decirse que eres una virgen del baile.

—Supongo —dijo sonriendo.

Cuando se levantó, le apretó el brazo, provocando que saltaran las alarmas en él.

—No he tenido ocasión de darte las gracias por haberte hecho cargo de los gastos de mi hermana. Te lo devolveré, te lo prometo.

—No es necesario.

—Claro que sí, aunque te agradezco el gesto —dijo y le dio un beso en la mejilla—. Anda, baila conmigo.

Michele echó a andar, confiada en que la seguiría. Pero no fue así. Jeff se estaba arrepintiendo de haber accedido a bailar. ¿Y si al tocarla deseaba más?

–Por aquí –lo llamó Michele–. Pensé que te había perdido. Este lugar es espectacular. Fíjate en ese pinar y en el reflejo de la luna sobre el agua.

Jeff era incapaz de hablar. Estaba disfrutando del momento y de ella. Al oír que empezaba a sonar música lenta, tomó a Michele entre sus brazos y la estrechó contra él. Ella apoyó la cabeza en su pecho, saboreando la sensación.

No quería dejarla ir, pero tenía que recordar que aquello eran negocios y no una cita. Una mujer como Michele se merecía a alguien mejor que él.

–¿Qué tal bailo?

Ella lo miró sonriendo. Aquellos hoyuelos lo volvían loco.

–No lo haces nada mal, Jeffrey Harper.

Michele puso una mano en su hombro mientras que con la otra lo abrazaba por la cintura. Mientras se movían al son de aquella canción romántica, Jeff se concentró en su respiración y en los latidos que sentía contra su pecho. Lentamente le acarició el hombro desnudo con un dedo.

–Mis amigos más cercanos me llaman Jeff.

–Muy bien, Jeff.

El sonido de su nombre en sus labios encendió un fuego en su entrepierna. La sangre le hervía en las venas. Hacía mucho tiempo que no experimentaba una sensación así. ¿Sería eso a lo que se referían sus hermanos cuando hablaban de conectar con alguien?

–¿Te acuerdas cuando me besaste en la cocina? –preguntó él.

Michele dejó de moverse y hundió el rostro en su pecho.

–No sé por qué, pero… me resultó embarazoso.

–Sí, para mí también –replicó y le hizo levantar la barbilla para mirarla a los ojos–. ¿Podrías repetirlo?

Aquello la sorprendió, pero enseguida esbozó la sonrisa más tierna que Jeff había visto jamás.

–Me había prometido no volver a besarte.

–¿Qué tengo que hacer para que cambie de opinión, señorita Cox? ¿Malabarismos con las almejas?

Ella rompió a reír y se cubrió la boca con la mano.

–Me has convencido.

Le acarició la mejilla y se puso de puntillas. Esta vez, cuando sus labios rozaron los suyos, le devolvió el beso. Hacía mucho tiempo que no besaba a una mujer por la que sentía algo y su cuerpo reaccionó con fuerza. Era una sensación muy agradable.

Jeff intensificó el beso, sumergiéndose, tanteando, acariciando, deseando… Estrechó su cuerpo contra el de ella y sintió sus senos contra su pecho y sus muslos contra los suyos. Luego, le acarició el hombro. Tenía una piel muy suave y unos labios perfectos.

Había ido a aquella reunión para causar buena impresión al resto de hoteleros, pero en aquel momento le daba todo igual. Besó a Michele como si nunca antes hubiera besado a una mujer.

Sentía que no tenía suficiente.

La orquesta empezó a tocar una canción con más ritmo y, a su pesar, se separó de ella para mirarla. Tenía las mejillas sonrosadas y los párpados entornados, y se movía con sensualidad. Estaba muy sexy. Aquello le gustaba.

La tomó por las caderas y trató sin éxito de seguir sus movimientos. Michele arqueó una ceja y aminoró el ritmo, frotándose contra él. Jeff tomó su rostro entre las manos y volvió a besarla.

Por el rabillo del ojo, vio pasar a una mujer vestida de negro soltando una bocanada de humo. Se volvió y se quedó mirando a Jeff besando a Michele.

–Eres asqueroso –dijo dirigiéndose a Jeff–. Primero, la camarera del hotel, y ahora, esto. Aléjate de él, querida. Es un cerdo.

La mujer tiró el cigarrillo al suelo, lo pisó para apagarlo y se fue antes de que uno de los dos pudiera decir nada.

–¡Maldita sea! –exclamó furioso.

–Ignórala –dijo Michele–. No te conoce. La gente ve lo que quiere y no la verdad. No permitas que un estúpido GIF te preocupe.

Volvió la cabeza y se quedó observándola.

–No la has encontrado porque no te has abierto. Sé tú mismo, sin artificios. Puedes empezar con la mujer a la que le acabas de hacer ojitos. Además de su trasero y de su bonita cara, hay algo interesante en Michele Cox.

«Demuéstrale cómo eres sin cortinas de humo ni espejismos, sin disfraces ni adornos. Tan solo dos personas normales siendo… normales», pensó, recordando las palabras de Matt.

De repente deseó esa normalidad. Quería algo real con Michele. La sola idea debería haberlo asustado. Debería apartarse porque sabía que acabaría haciéndole daño. Pero se sentía atrapado por la intensidad del momento y su frescura como para hacer algo que no fuera atraerla entre sus brazos y besarla como si nadie estuviera mirando. El sonido que escapó de su garganta afectó directamente a su entrepierna. Apartó la cabeza para mirarla. Seguía teniendo los ojos cerrados y la más dulce de las sonrisas en los labios. Aquello no tenía nada que ver con el puesto de chef sino con las sensaciones que lo invadían. Era incapaz de contener el deseo que lo embargaba.

—Salgamos de la pista de baile.

Michele asintió, respirando pesadamente.

—Olvidémonos del concurso por esta noche. Esta cita no tiene nada que ver con eso.

—Era lo que pensaba.

—He compartido un rato con las otras candidatas, pero nada parecido a una cita. No quiero que tú ni nadie piense que es así como funciono.

—No, claro que no.

La condujo por una senda iluminada con antorchas, lejos del restaurante y del patio donde estaba la pista de baile. Estaba buscando una zona tranquila, lejos de la fiesta y de miradas indiscretas para estar a solas con Michele.

—¿Qué es eso? —preguntó ella, señalando una construcción de madera sobre al costa escarpada.

—Una pagoda nupcial. Parejas de todo el mundo vienen hasta aquí para casarse ahí.

—Es preciosa. Me imagino a los novios, mirándose a los ojos, con el sonido de las olas de fondo, prometiéndose amor eterno.

—Qué romántica eres.

—¿Tú no?

—No, y menos aún en lo que tenga que ver con bodas. Todo gracias a mis padres.

–Así que lo que leí en ese artículo es cierto, no piensas casarte nunca.

–No creas todo lo que lees. Acabaré casándome, pero no por amor.

–Entonces, ¿por qué? ¿Por un acuerdo empresarial, a cambio de camellos, para unificar reinos?

Estaba de broma, pero él no.

–Algo así. No quisiera que mi esposa se enamorara de mí y sufriera como sufrieron mis padres.

–No tiene por qué ser así. Mis padres se casaron por amor y rara vez discutían. Nos criaron a mi hermana y a mí en un hogar lleno de amor antes de morir. ¿Y si te enamoras de tu esposa y sois felices para siempre? Eso podría pasar.

–A mí no, no tengo esa composición química.

–¿No puedes enamorarte?

–No y no quiero hacer sufrir a nadie por un error en mi ADN.

–No me lo creo.

–Eso es porque no eres como yo. Eres tierna y cariñosa. Tú quieres una boda romántica y un final feliz, y espero que lo consigas. Yo no estoy hecho para esas parafernalias. Es mejor así.

–Suena muy… insensible.

Eso era lo que estaba intentando decirle. A pesar de lo que estaba pasando entre ellos esa noche, no sentía aquellas emociones. Nunca las sentiría. Era un hombre frío, sin sentimientos.

–Busquemos una chimenea.

No le contó que tenía pensado celebrar un matrimonio sin amor en cuanto el restaurante estuviera en marcha. ¿Por qué estropear la mejor cita que había tenido en años?

Michele se sentó en el sofá, al lado de Jeff, frente a la chimenea. Estaban solos y apartados de la fiesta. Un búho ululó en un árbol cercano.

–¿Tienes frío?

Se quitó la chaqueta del esmoquin y se la puso por los hombros. Ella apoyó la cabeza en su hombro y miró las estrellas.

–Qué noche tan bonita.

–Tienes razón –afirmó sin dejar de mirarla.

Michele entrelazó los dedos con los suyos. Quería estar en contacto con él.

–¿Podemos quedarnos así para siempre? –preguntó sin apartar la cabeza de su hombro.

–¿Qué pasa con el restaurante que tengo que abrir y con las recetas que tienes que crear?

Ella suspiró. ¿Y si no volvía a ser capaz de idear recetas? Conocía la respuesta. Aquella era su última noche con Jeff a menos que recuperara su don.

–Bueno, si mañana tenemos que regresar a la realidad...

–Hagamos esta noche inolvidable –dijo él antes de besarla en los labios.

Besaba muy bien y no pudo evitar dejar escapar un gemido cuando tiró de su labio inferior. Su lengua entraba y salía de su boca, y se la imaginó haciendo lo mismo en su entrepierna.

–Súbete el vestido. Quiero tocarte.

Michele dudó. Acababa de decirle que no podía enamorarse. No le interesaba el matrimonio a menos que fuera ventajoso para sus negocios. Era un playboy que salía con quien quería. Tenía razón, ella era muy diferente. Ella quería encontrar el amor y formar una familia con su alma gemela tal y como había hecho su madre.

Pero la expresión de su cara era su perdición. Nadie la había mirado con tanto deseo y quería sentirse sexy. Se puso de pie y tiró de la tela hasta que sus piernas quedaron al descubierto.

—Más.

Tragó saliva y se subió más el vestido hasta enseñarle las bragas rosas, a juego con el vestido.

—Ven aquí, preciosa.

Su cabeza no dejaba de repetirle que Jeffrey Harper era lo contrario a un alma gemela. Era hombre de aventuras esporádicas, algo que no iba con ella ni tampoco liarse con compañeros de trabajo. Tampoco podía dejar sus sentimientos a un lado y alejarse. No quería sentir algo por un tipo que tenía el poder de hacerle daño tanto personal como profesionalmente. Pero se sentía atraída por la tristeza de Jeff, por el dolor que trataba de ocultar.

Bajo aquel pecho musculoso había un corazón, aunque él no lo supiera. Tal vez, si pudiera enseñarle a amar…

Se acercó a él y la hizo sentarse en su regazo. Lo único que los separaba eran las bragas y el pantalón del esmoquin, y era evidente que estaba muy excitado. Jeff comenzó a acariciar su pierna, empezando por la pantorrilla hacia arriba.

—Bésame —susurró ella.

—Nena, tus deseos son mis órdenes.

Comenzó a darle besos en el hombro, el cuello

y a lo largo de la mandíbula. Cuando por fin llegó a los labios, se encontró con su lengua y dejó que lo saboreara y explorara.

Sus caricias fueron subiendo por su pierna, enloqueciéndola, a la vez que sus lenguas se unían en un baile sensual. Nunca antes la habían besado así. Cuando llegó a sus nalgas, las apretó. El corazón le latía con fuerza. Todo su mundo giraba en torno a ella. Michele se aferró a sus hombros para mantener el equilibrio y se dejó llevar por aquel hombre y sus increíbles labios. Cuando sintió que su dedo se deslizaba bajo el tejido elástico de sus bragas, se quedó inmóvil entre sus brazos.

−¿Estás bien?

Ella asintió con la cabeza. Estaba mejor que bien. Hacía años que no se sentía así.

La acarició por debajo de las bragas. Estaba húmeda.

Una voz en su cabeza le recordó que estaban en una fiesta, que cualquiera podía salir y ver lo que estaban haciendo. Pero estaba disfrutando mucho de lo que le estaba haciendo. Sus propios gemidos silenciaron aquella voz.

−¿Te gusta? −le preguntó Jeff.

−Oh, sí.

Continuó acariciándola, besándola, enloqueciéndola. Le metió un dedo y lo hundió suavemente, descubriéndole un punto que no sabía que tuviera. Antes de darse cuenta, estaba sacudiendo las caderas al ritmo de sus movimientos. Su respiración y sus latidos se aceleraron.

−Córrete −susurró junto a su cuello−. Déjate llevar.

Aquellas palabras le hicieron perder cualquier reserva que pudiera quedarle. Echó la cabeza hacia atrás y se dejó arrastrar al abismo. No paró de jadear mientras un torbellino de sensaciones la asaltaba. Justo en aquel momento hubo un destello.

–¡Gracias, Harper! –gritó un hombre antes de echar a correr.

Michele parpadeó sorprendida y Jeff soltó una maldición.

–Baja la cabeza –le ordenó, alterado, y le cubrió la cabeza con la chaqueta.

Pero ya era demasiado tarde. Un fotógrafo los había pillado en un momento delicado e íntimo de aquella cita. Además, estaba el hecho de que él era su jefe en potencia. Nadie sabría que ambos habían convenido que aquella cita no tendría que ver con la oferta de trabajo.

Michele acababa de echar leña sobre su ya maltrecha reputación, prendiéndole fuego a todo.

Jeff tanteó sus bolsillos y no encontró nada.

–¿Tienes el móvil a mano?

Michele se lo dejó.

–Alfred, ven al aparcamiento y saca a Michele de aquí.

¿Cómo era posible que hubiera un paparazzi allí, en medio de la nada? ¿Por qué no lo dejaban en paz?

Se quedó mirando a Michele. Estaba pálida y se arrebujaba en su chaqueta como si quisiera desaparecer. Estaba muy guapa. Nunca había presenciado nada tan intenso como cuando la había visto correrse entre sus brazos. Quería atraerla hacia él, hundirse en su cuello y susurrarle lo mucho que seguía deseándola. ¡Maldito paparazzi! Tenía la suficiente experiencia con la prensa como para saber que aquella noche acarrearía consecuencias para ambos. La dulce Michele, aquella mujer que luchaba por superar sus inseguridades, estaba a punto de ver su reputación destruida. A menos que él hiciera algo.

–Quédate aquí. Cuando llegue Albert, métete en la limusina y cierra la puerta. Te llevará a casa.

–¿Y tú? ¿Adónde vas a ir?

Estaba furioso consigo mismo por haberla deseado tanto. Debería haberse contenido, haber sido más fuerte. Pero incluso en aquel momento, seguía deseándola y olvidarse de toda precaución.

–Me quedaré aquí hasta que dé con ese fotógrafo y le obligue a borrar la foto. Ya encontraré forma de volver a casa. No te preocupes, Michele, me las arreglaré.

–¿Cómo?

Lo que deseaba era darle un puñetazo a aquel tipo, pero no podía correr el riesgo de que encima lo denunciaran por agresión.

–A la manera de los Harper, con dinero –farfulló, escupiendo las palabras.

Cada vez se parecía más a su padre.

La limusina se detuvo. Alfred se bajó y rodeó el coche a toda prisa para abrirle la puerta.

–Llévala a casa –le pidió Jeff.

–Podemos solucionarlo juntos. Por favor, ven conmigo.

Michele alargó el brazo para tocarlo, pero él se apartó.

–No puedo.

No quería hacerle daño, aunque no estaba seguro de poder evitarlo. Una mujer que quería casarse por amor acabaría odiándolo.

No podía amar, pero cuando estaba con ella se sentía confundido. Nunca había deseado tanto hacer el amor y no sabía muy bien por qué. Había estado con muchas mujeres. ¿Por qué era Michele diferente? ¿Por qué necesitaba tocarla?

–Vete con Alfred. Esto es culpa mía, lo siento.

–Yo no.

Quería besarla y demostrarle con su pasión lo especial que era. Ella le hacía desear convertirse en alguien mejor. Quería dejarse llevar por las emociones y enamorarse de Michele con toda su alma.

–No me malinterpretes. No me arrepiento de lo que ha pasado entre nosotros. Ha sido increíble. Lo que siento es no ser de otra manera. Te mereces a alguien mejor.

–Vete ya.

–¡Jeff, por favor! –lo llamó, siguiéndolo.

Pero él no se detuvo ni se volvió.

No acababa de entender por qué todas las piezas que había mantenido unidas durante tanto tiempo se estaban haciendo añicos como si fueran de cristal. De una cosa estaba seguro: necesitaba proteger a Michele de él.

Capítulo Trece

Michele se levantó temprano para buscar a Jeff. ¿Habría vuelto a casa? Quería decirle que no estaba enfadada con él. Preocupada y confusa sí, pero no enfadada. Había disfrutado a su lado de la mejor noche que había tenido en mucho tiempo. A pesar de todo, quería volver a estar con él y, por supuesto, ayudarlo. Eso si lo encontraba.

No estaba en Casa Larga. Deambuló por el exterior y encontró a Tonia y a Freja tomando el sol en la piscina.

–Mira quién está aquí, la señorita Gatita Sexual –anunció Tonia.

–¿Qué? –dijo Michele.

–Has salido en la portada –dijo Freja señalando el periódico.

Michele leyó el titular: *¿Quién es la nueva Gatita Sexual de Jeffrey Harper?* Allí estaba, encima del regazo de Jeff y con el vestido levantado hasta los muslos.

–Oh, no.

El corazón se le encogió. Se sentó en una tumbona y leyó el artículo. Al menos, el que lo había escrito no sabía quién era ella.

–Los buenos chefs triunfan por su talento –le espetó Tonia–. Ahora entiendo por qué te has acostado con el jefe.

104

–La foto es mala. ¿Seguro que eres tú? –preguntó Freja.

–Por supuesto que es ella. Anoche no estaba aquí –intervino Tonia mirando con desagrado a Michele–. Exijo que quedes descalificada. Supongo que Jeffrey no va a hacerlo, así que ahora mismo me voy a buscar a RW.

Tonia tomó su pareo y entró en la casa.

–Lástima –dijo Freja–. Me caías mejor que ella, pero tiene razón. Tienes que dejar el concurso.

Ambas tenían razón.

Las cosas se habían complicado. Le gustaba mucho Jeff y lo había defraudado. Era una noche en la que se suponía que debía ayudarlo a recuperar su reputación y, sin embargo, se había dejado llevar por el deseo. Había sido una de las mejores citas de su vida, pero había estropeado su reputación aún más. Había perdido el trabajo que tanto necesitaban ella y su hermana a la vez que había hecho daño al primer hombre con el que salía en mucho tiempo. ¿Quién era capaz de una cosa así? Sintiéndose fatal, decidió ir a hablar con él para asegurarse de que estaba bien antes de marcharse.

Angel avanzaba por el pasillo en dirección a las estancias privadas de RW cuando vio a una mujer abriendo puertas y mirando dentro de cada habitación. ¿Quién era y qué estaba buscando? ¿Dónde estaba el vigilante?

Con sigilo, Angel entró en la habitación de RW y cerró la puerta. Aquella mujer no parecía peligrosa. Iba descalza y vestía un pareo, pero no podía correr riesgos teniendo a Cristina y a su hijo allí, ocultándose de Cuchillo y su banda. Angel había cometido algunos errores en su vida, como confiar en el hombre equivocado, pero ya no era aquella joven. Ahora era una mujer adulta que había escapado de aquella situación. Tenía que protegerlos a todos, incluyendo a la familia de RW y a la suya.

Llamó a seguridad.

–Hay una joven vagando por las estancias privadas de RW. Por favor, sáquenla de aquí y acompáñenla fuera. Y que venga el vigilante en menos de treinta segundos o quedará despedido.

Unos segundos más tarde, Angel oyó alboroto en el pasillo.

–Idiota, quítame las manos de encima –gritó la joven.

Aquella voz sonaba familiar. ¿No era una de las chefs? ¿Habría exagerado al llamar a seguridad? Estaba a punto de ir e intervenir cuando le sonó el teléfono que llevaba en la mano.

–¿Hola?

–Angel, me alegro de que hayas contestado –dijo Chloe–. ¿Puedes venir a casa de Matt y Julia? Papá está aquí también.

¿RW había salido de Casa Larga y estaba en casa de Julia? Algo tenía que haber pasado.

–¿RW está bien? –preguntó con el corazón en la garganta–. ¿Ha pasado algo?

–Es Jeff. Ha vuelto a aparecer una foto suya en el periódico. Me preocupa que esto le haga creer que no puede tener una relación de verdad y se case por las razones equivocadas. Tenemos que encontrar la manera de convencerlo de que no es como mamá y papá. Por favor, ven para que podamos hablar. Necesitamos tu ayuda.

Jeff estaba en la obra del restaurante, clavando clavos junto al resto de los obreros.

No quería pensar ni hablar, tan solo dar martillazos hasta que sus músculos gritaran más fuerte que su cabeza. No podía dejar de ver la angustia de Michele después de que la obligara a marcharse. Por ceder a la tentación, habían acabado saliendo en una portada.

No había dado con el canalla que había interrumpido la mejor experiencia que Jeff había tenido en años. Seguía deseando a Michele por encima de todo. Una ducha fría, dos tazas de café cargado y una noche de insomnio no habían aplacado su deseo por ella. Con el paso de las horas, la necesidad de tenerla aumentaba, y eso le asustaba.

Pero era una lástima, porque no podía tenerla, especialmente después de lo que había pasado.

Todo el mundo había visto la foto de Michele sentada en su regazo durante la convención y darían por sentado que era incapaz de tener la bragueta cerrada. Se alegraba de que no supieran quién era porque en su caída podía arrastrarla con él. No quería que su carrera se hundiera por culpa suya.

Todo aquel asunto no servía más que para confirmar lo diferentes que eran. Por cosas así era por lo que no podía casarse con alguien que lo amara ni corresponder a ese amor. Por mucho que le gustara tener a Michele entre sus brazos, no podía volver a tocarla. Arruinaría su vida.

Poco antes del mediodía, Chloe apareció en la obra. Estaba a punto de traspasar la entrada cuando la vio.

—No puedes entrar aquí sin casco, es la normativa.

—Entonces, sal tú.

—No puedo, estoy ocupado.

—Oiga, ¿podría pasarme un casco? —le pidió a un obrero que estaba almorzando.

—Claro, joven, siempre y cuando me lo devuelva.

Se puso el casco y se dirigió directamente hacia Jeff.

—No contestas mis llamadas. ¿Le pasa algo al nuevo teléfono que te compré?

—He apagado el teléfono. No han parado de llamarme locas pidiéndome una cita.

No lo decía en broma. Sujetó un clavo con los dientes a la vez que clavaba otro con el martillo.

—Venga, Jeff. Para un momento para que podamos hablar de lo que ha pasado. Me siento fatal.

Tenía mal aspecto. Tampoco pretendía herir a su hermana.

—No ha sido culpa tuya —dijo dejando el martillo y los clavos.

No, él era el causante de todo aquel asunto.

Chloe se lo llevó aparte.

—Estoy preocupada por ti. Tienes que dejar de pensar que no puedes relacionarte con otras personas. Viendo esa foto del periódico, es evidente que sientes algo por Michele.

—No sabes de lo que estás hablando —replicó entornando los ojos.

–Tal vez esa sea la versión oficial –dijo Chloe poniendo los brazos en jarras como cuando era niña–, pero sé que es mentira. Has congeniado con ella, lo veo en tu reacción.

Fue incapaz de mirar a su hermana a los ojos.

–Todo va bien.

–¿De verdad? Entonces, habla con Michele. No se merece que la ignores.

Bajó la vista a sus manos. Todavía deseaba tocarla, pero no podía convertir la vida de Michele en un circo mediático.

–No quiero acercarme a ella por ahora.

–Te gusta y mucho, y eso te asusta –dijo y al ver que Jeff no contestaba, continuó–. ¿Qué vas a hacer con el concurso de chefs? Esas tres mujeres están esperando tu decisión. ¿A cuál eliges?

Todavía no lo sabía. Sabía a quién prefería, pero ¿sería la mejor para el puesto?

–No lo he decidido.

–Se me ocurre una idea. Podríamos invitar a la gente del pueblo a que venga a ver la obra. Las chefs podrían preparar unos cuantos entremeses y así veríamos cuál gusta más.

No era una mala idea. Cuanto antes decidiera quién sería la chef, antes podría el equipo de marketing empezar la promoción. También sabría si Michele se iría o entraría a formar parte del equipo.

–De acuerdo.

–Este próximo fin de semana, papá tiene algo y querrá estar presente. ¿Qué tal el siguiente?

–Sí, si las chefs están de acuerdo en quedarse hasta entonces. Sugiero que papá suba el importe del anticipo.

Doce días. Podía sumergirse en el trabajo y no pensar en nada más hasta entonces, ni siquiera en la suave piel de Michele.

Chloe hizo visera con la mano para cubrirse los ojos del sol y se quedó mirándolo.

–Deberías hablar con Angel o con alguien. Creo que te vendría bien.

–Lo tendré en mente –dijo decidido a seguir trabajando–. Asegúrate de que Michele está bien. No era mi intención que esto pasase.

–Podrías hablar con ella tú mismo.

Jeff se marchó.

Ya encontraría a alguien con quien salir esa noche, alguien a quien no pudiera hacer daño.

Había llegado la hora de empezar a buscar esposa.

Michele había acabado por aceptar que Jeff estuviera evitándola, pero le dolía.

Había pensado que tenían algo especial, pero, al parecer, se había equivocado. Para él, solo había sido una aventura de una noche. Y ni siquiera había sido una noche completa.

En el fondo, lo había sabido desde el momento en que se había colocado sobre su regazo porque sus labios y sus caricias habían sido… maravillosos. Se había engañado pensando que podía cambiar a aquel playboy. Había arriesgado sus sueños y sus responsabilidades con esa esperanza.

Había jugado con fuego y ardía por más besos, más caricias y más de Jeffrey Harper.

Él estaba en el lado opuesto de todo en lo que

debería centrarse: cuidar de su hermana y aprender a cocinar de nuevo, además de encontrar a un hombre que la amara y con el que fundar una familia.

Pero lo que sentía por Jeffrey era lo de menos. Tenía que poner su energía en lo que de verdad importaba: conseguir aquel puesto.

Quedaba una última prueba en la que se decidiría la ganadora. Le habían pedido que preparara varios entremeses para una gran fiesta en la que darían a conocer el estado de las obras del restaurante. Sabía que aquello era importante para Jeff e iba a hacerlo lo mejor posible.

Estaba en su habitación, buscando en internet recetas italianas, pero ninguna la convencía. No encontraba nada que le pareciera lo suficientemente buena para la gran noche de Jeff.

–Ayúdame, mamá –susurró cerrando los ojos–. Necesito un poco de magia.

Una suave brisa entró por la ventana, revolviéndole el pelo alrededor de la cara. De repente, le llegó el olor a salvia y a romero.

Abrió los ojos. Sabía lo que iba a hacer.

Michele pasó casi toda la semana siguiente en la cocina de los Harper. No era fácil cocinar al lado de las otras dos chefs contra las que estaba compitiendo. No dejaban de toparse unas con otras y de discutir por el uso del horno y de los fogones. Las tres querían probar y mejorar sus platos.

Michele reparó en que Freja estaba preparando una sopa de pescado.

–Creo que deberías replanteártelo –le advirtió–. Jeff odia el pescado.

–¿Cómo es posible? Me llevó a pescar y me dijo que le encantaba el mar. Nada como un pez.

–No le hagas caso –dijo Tonia–, solo quiere liarte.

–No miento –le aseguró Michele.

Tonia se encogió de hombros.

–Todos sabemos que te gusta hacer trampas.

Michele sacudió la cabeza.

–Como quieras, prepara todos los platos con pescado que quieras.

Freja se quedó mirando los ingredientes, se mordió el labio y volvió a meter el pescado en la nevera.

–Prepararé otra cosa.

Por fin llegó el día del evento. Michele había practicado mucho. Era como si Jeff hubiera encendido un interruptor dentro de ella. Toda aquella energía sensual que había despertado tenía que ser canalizada hacia alguna parte y la había volcado en cocinar. Todos sus entremeses eran deliciosos.

Subió para prepararse. ¿Sería la última vez que viera a Jeff? Estaba muy triste ante esa posibilidad. Pero al parecer, él había seguido con su vida y ella debería de hacer lo mismo y dejar de darle vueltas a la cabeza. Eran dos personas diferentes que querían cosas diferentes.

–Eso es porque no eres como yo. Eres tierna y cariñosa. Tú quieres una boda romántica y un final feliz, y espero que lo consigas. Yo no estoy hecho para esas parafernalias –le había dicho junto a la pagoda nupcial.

Esperaba que estuviera equivocado. Quería que

encontrara la felicidad y el amor algún día, aunque fuera con otra persona.

Se duchó, se maquilló y se secó el pelo. Luego, se puso unos pantalones negros, una blusa azul con cuello halter y unas sandalias a juego. A Jeff parecía gustarle que llevara los hombros desnudos y ella disfrutaba cuando se los besaba.

–¡Cállate, Michele! –se reprendió.

Jeff no iba a besarla nunca más y debería dejar de pensar en él. Estaba allí para convertirse en una chef estrella. Punto.

Abajo, la gente había empezado a llegar. Se dirigió a la cocina y se encontró con que Freja y Tonia habían preparado sus bandejas y estaba fuera sirviendo su comida a los invitados. Le habían dejado las dos bandejas más pequeñas y feas. La primera bandeja era para los ravioli gigantes rellenos de chorizo, espinacas, parmesano, mozzarella, tomates y una mezcla de especias italianas. En el centro de la bandeja colocó una deliciosa salsa de tomate y vino tinto.

En la segunda bandeja puso sus *crostini*, hechos a partir de su receta de pan italiano con ingredientes que había comprado en la tienda de Juanita. Había extendido una primera capa de aceite de oliva y queso y luego lo había cubierto de aceitunas maceradas con romero y cáscara de naranja y rúcula. Todo tenía buen aspecto y olía bien, por lo que sabría aún mejor. Había recuperado su magia.

Angel se sentó en el sofá del bungaló de Cristina y miró la hora en el reloj que RW le había regalado por su cumpleaños. Se les había hecho tarde. RW y su familia ya habían bajado para la presentación del restaurante de Jeff. Sus hermanas también iba a asistir, pero Julia y Matt se habían quedado en casa porque RW no se encontraba bien.

Pensó en Jeff. Chloe, Matt y RW le habían hablado de su infancia. Jeff se negaba a recibir lo que él llamaba una intervención y afirmaba que no necesitaba de su ayuda.

Por lo que le habían contado, no le cabía ninguna duda de que Jeff necesitaba alguna clase de ayuda. Cada uno de los hermanos Harper llevaba su propia cruz debido a la forma en que RW y su exesposa los habían criado. Los modelos con los que Jeff había crecido habían sido dos adultos que se odiaban mutuamente. Nunca había conocido el amor y, por tanto, se sentía incapaz de amar. Pero Angel sabía que no era así. RW había resultado ser un hombre muy cariñoso y así se lo estaba demostrando. Lo mismo podía pasarle a Jeff. Solo necesitaba que alguien le ayudara a entender sus sentimientos y, tal vez, esa persona podía ser Michele.

Angel miró de nuevo la hora. Si Cristina no se daba prisa, se perdería el discurso de Jeff.

–Venga, Cristina, ¿por qué tardas tanto?

Angel estaba perdiendo la paciencia. Le resultaba estresante tener a aquella mujer y a su hijo en Casa Larga. Proteger a tanta gente la mantenía al vilo.

Cristina salió del dormitorio y cerró la puerta.

–Sebastián no quiere ir. Tal vez debería quedarme.

–No, tienes que salir de este bungaló y divertir-

114

te. Le pediré a alguien que vigile a Sebastián para que puedas tomarte un respiro.

Angel le pidió a una de las muchachas que cuidara del niño. Sabía que Cristina necesitaba mucho más que descansar una noche. La joven deseaba las mismas cosas que Angel: una vida tranquila con su familia, lejos de la banda. Claro que Cristina y su hijo podían irse a cualquier otra parte y vivir felices y a salvo. Con el tiempo, Cuchillo perdería el interés de hacerle pagar por abandonar la banda. A diferencia de Angel, Cristina no había presenciado sus crímenes más sádicos, así que su testimonio no sería imprescindible para la fiscalía. Cuchillo no necesitaba dar con ella y sellarle los labios.

Angel deseó haber tenido la misma suerte.

Capítulo Catorce

—Gracias a todos por haber venido.

Jeff estaba junto a la estructura de lo que iba a ser el restaurante, a través de cuyas vigas de madera se veía el cielo. Hablaba levantando la voz para hacerse oír mientras buscaba entre los presentes el rostro de Michele. Estaba deseando hacerlo, a pesar de que sabía que no debía.

Habían asistido unas cincuenta personas del pueblo para conocer las obras del nuevo edificio y probar la comida preparada por las chefs concursantes. Su padre se había referido a los vecinos del pueblo como accionistas. Al parecer, RW Harper iba a donarles un porcentaje de los beneficios del hotel y del restaurante. Jeff esperaba que su padre cumpliera su palabra y no engañara a aquella gente.

—Como se puede ver, las obras del restaurante van bien. Confiamos en inaugurarlo en la fecha prevista.

A pesar de que estaba todavía en construcción, ya se veía impresionante.

La gente aplaudió y se sintió orgulloso de sus logros. Echaba de menos aquella sensación. Le sorprendía estar tan entusiasmado con un proyecto que tenía que ver con una casa que siempre había odiado. Trabajar con su padre estaba siendo mejor de lo esperado.

–Los planos tanto del restaurante como del hotel están expuestos en esa pared, pero antes déjenme que les ponga en situación. Imaginen que acaban de llegar a Plunder Cove, cansados y hambrientos. Suben esos escalones –dijo señalando una loma de hierba–, y ven esta construcción rústica, con vistas al Océano Pacífico. La forma, la madera, les hace pensar en…

–¡Un barco pirata! –exclamó alguien del público.

Jeff asintió.

–Sabíamos que lo harías bien –intervino otra mujer–. Tenemos fe en ti, Jeffrey.

Se llevó las manos al pecho e inclinó ligeramente la cabeza. Después, siguió describiendo el restaurante. Freja pasó a su lado con una bandeja medio llena. Tonia estaba al otro lado del patio, rodeada de un grupo de personas hambrientas.

–Por favor, disfruten de la comida. Esta noche nos acompañan tres de las mejores chefs del mundo.

Buscó entre la gente y entonces la vio. De pie, a un lado y con la bandeja en las manos, Michele estaba observándolo. Su expresión era de orgullo. Deseó tomarla entre sus brazos, acorralarla contra la pared y besar aquellos bonitos labios. Ignoró todo lo que se había dicho los últimos días acerca de mantener las distancias y fue hacia ella, decidido a llevársela de allí y saborearla.

Bebería de ella hasta saciarse y luego pensaría en las razones por las que no podía tenerla.

Un hombre se topó con él.

–¡Agua!

Otra persona empezó a toser y le siguieron algunas más.

—Necesitamos beber algo. Esto está muy picante.

Jeff miró a su alrededor. ¿Qué estaba pasando?

—Mi marido no puede tomar pimientos picantes —dijo una mujer y se acercó a Michele—. Va a tener que ir a urgencias por su culpa.

—¿Qué? —preguntó Michele palideciendo.

Las tres hermanas del pueblo acudieron en su ayuda.

—Me encanta esta salsa de pimientos —dijo Nona.

—A mí también —convino Flora.

—El toque perfecto —añadió Alana.

—¿Pimientos? —dijo Michele mirando a Jeff—. No he puesto pimientos en la salsa.

—¿Estás segura?

Se mordió el labio, indecisa. Probó la salsa y abrió los ojos como platos.

—Esta salsa tiene pimientos.

Jeff se pasó la mano por el pelo. Todo su cuerpo le decía que olvidara aquel error y le diera una oportunidad. Pero ¿permitiría que Tonia o Freja siguieran en la competición si hubieran cometido aquella equivocación, teniendo en cuenta que no era la primera? Seguramente no.

En el fondo sabía que estaba dispuesto a perdonarle los errores a Michele porque la deseaba. No podía ser objetivo con ella. No debía sentir que la necesitaba cuando se suponía que tenía que llevar el control. Le estaba afectando en más de un aspecto. Le ardía la garganta como si se hubiera tragado un pimiento picante.

Tenía que madurar, comportarse como un jefe y dejar que se fuera. Se volvió hacia los camareros y les pidió que trajeran agua y leche inmediatamente.

–Michele, no sé qué demonios ha pasado, pero esto es inaceptable. Sabías lo importante que era esta noche para mí. Necesito un chef que sepa lo que hace.

Se sintió decepcionado y triste. Tenía que prescindir de ella, lo cual significaba que nunca volvería a verla.

–Lo sé, Jeff, lo siento. No es culpa tuya, es mi responsabilidad –dijo Michele y se volvió hacia el público–. Damas y caballeros, siento que la salsa estuviera tan picante. Un buen chef siempre asume sus errores. Por favor, no se vayan todavía. Voy a preparar algo para quitarles el sabor de la boca.

Antes de marcharse a la cocina, su mirada se encontró con la de él.

–Lo siento –añadió.

Las tres hermanas arrinconaron a Jeff.

–Has sido muy duro con ella –le reprendió Nona.

–Sí, es una mujer encantadora que hace una comida muy rica –convino Alana–. ¿Has probado esos raviolis? Voy a soñar con ellos durante semanas.

–A mí me han gustado esas cosas con forma de bolas y las aceitunas. Mi favorita es Michele. Las otras dos chefs no le hacen sombra.

–No puedo tener una chef que comete errores como ese –les dijo–. Esto son negocios.

–Como si tú nunca cometieras errores. ¿Nadie

te ha ignorado nunca? ¿Nadie te ha tratado como si fueras basura y te ha marginado?

Jeff se quedó boquiabierto. ¿Cómo sabía todo eso?

–Nona tiene razón. Dale otra oportunidad –dijo Flora–. Es perfecta para ti.

Alana se llevó la mano a los labios.

–¿Crees que le quedarán más raviolis en la cocina?

Aquellas mujeres tenían razón. Había magia en la comida que Michele había preparado esa noche. Todos los platos habían salido perfectos excepto aquella salsa.

¿Por qué se había confundido? No tenía ningún sentido.

Michele estaba fuera de sí. ¿Qué había pasado? No había usado pimientos desde la noche en que le había preparado el sándwich de queso a Jeff. Alguien los debía de haber puesto en su plato.

Se apresuró a preparar algún plato que a la gente le gustara. Los únicos ingredientes secretos del postre serían el amor y la tristeza que sentía en aquel momento. Había recuperado su pasión por la cocina porque Jeff le había devuelto la magia a su vida. Se estaba enamorando de él. Sabía que no podía darle lo que necesitaba y que estaba a punto de prescindir de ella.

Contuvo las lágrimas. ¿Cómo era posible que las cosas se hubieran complicado tanto?

Al menos, el postre sería delicioso. Lo probó para asegurarse de que le había salido bien y decidió que había llegado el momento de llamar a los invitados. El único teléfono que Michele tenía de Casa Larga en su teléfono era el de la baticueva.

–Alfred, ¿puede pedirle a Jeff que mande a los invitados al vestíbulo?

–Claro, señorita. Voy a enviarle una batiseñal.

El grupo se dirigió al vestíbulo. Michele se alegraba de que todos se hubieran quedado porque le asustaba haber estropeado la fiesta de Jeff. Se había sentido muy orgullosa cuando había presentado su proyecto. No había ninguna duda de que tenía talento para dedicarse a los hoteles, tanto como ella para cocinar, a pesar de que en algún momento hubiera perdido su magia.

Michele esperaba al otro lado de la mesa y animó a los invitados a tomar un cuenco y acercarse.

–Este postre se llama *zabaglione*. Es una crema italiana con especias y vino marsala. No se preocupen, no pica, es dulce y…

–Delicioso –la interrumpió una mujer–. Esto está buenísimo.

–Riquísimo.

–Nunca había probado nada tan bueno.

Los comentarios continuaron hasta que alguien empezó a aplaudir y, enseguida, todos los presentes se unieron. El postre había sido un éxito y a todos les había gustado. El corazón se le encogió.

Jeff se acercó a la mesa.

–¿Puedo hablar contigo un momento?

Los ojos se le humedecieron y parpadeó, decidida a mantener la compostura, aunque estaba a punto de salir por la puerta. Había pasado de necesitar aquel trabajo a desear ayudar a Jeff en aquella maravillosa aventura. Pero todo estaba a punto de terminar.

—Claro. Toma un cuenco de *zabaglione*.

Jeff tomó una cucharada. La expresión que asomó a su rostro era de felicidad y Michele deseó verlo siempre así.

Lo que no apreciaba en él era sorpresa. Era como si tuviera la certeza de que podía preparar algo así y hubiera estado esperando a que ella se diera cuenta.

—Es una deliciosa celestial, poesía pura. Bienvenida de vuelta.

Michele se ruborizó.

—Gracias.

—Ven conmigo —dijo tomándola de la mano.

Estaban saliendo del vestíbulo. ¿La estaba acompañando fuera de la casa?

Pasaron por delante de Tonia, que estaba en un rincón dando cuenta de un cuenco de *zabaglione*. Estaba verde de rabia.

—Espérame —le dijo Jeff—. Tengo que hablar con Tonia.

Sabía de qué se trataba. Tonia había ganado la competición. Michele estaba afligida. Quería que Jeff contara con una buena chef, pero algo le decía que esa mujer no era de fiar. Todo había acabado. Había perdido la oportunidad de trabajar para él. ¿Volvería a verlo, a tocarlo, a besar aquellos labios?

—¿Te gusta el *zabaglione*? —oyó que Jeff le preguntaba a Tonia.

—No. ¿Por qué doña Perfecta tiene una segunda oportunidad? —preguntó alzando la voz para que Michele la oyera.

Él se cruzó brazos.

–Yo no he tenido ningún problema con mis entremeses y no he tenido ocasión de preparar un postre. Ha recibido un tratamiento especial desde el primer día. Eso no es justo.

–¿Acaso te pareció justo mentirme el otro día cuando me dijiste que sabías montar a caballo? Es evidente que no lo habías hecho en tu vida a pesar de que me contaste que lo hacías en el rancho de tu abuelo cada verano.

–Eso es diferente. Te expliqué que hacía tiempo que no montaba. Pensé que me habían entendido.

–Sobre los caballos sí. No sobre los pimientos.

Tonia puso los brazos en jarras.

–¿Cómo dices?

–¿Por qué usaste esos pimientos picantes para sabotear el plato de Michele?

–¿Qué estás insinuando? –dijo Tonia, furiosa.

–No estoy insinuando nada, lo estoy afirmando. Nos espiaste la noche en que Michele preparó los sándwiches de queso.

–Eso es ridículo. No fui yo.

Otra mentira.

–Las cámaras te grabaron. Te estaba dando el beneficio de la duda porque yo, mejor que nadie, sé lo que se siente, pero no me cabe ninguna duda de que nos estabas espiando. Viste a Michele usar esos pimientos y sabías que me daría cuenta.

Michele se acercó a Jeff, mirando a Tonia.

–¿Lo hiciste tú? ¿Por qué?

–¿Por qué crees, Gatita Sexual? Le nublaste la vista para que nadie tuviera oportunidad de ganar.

Jeff se volvió hacia Michele.

–Tiene razón. Nublaste mi vista para que solo me fijara en ti. Te elijo a ti, Michele. Por favor, quédate.

Angel y Cristina estaban de camino a la obra cuando RW mandó un mensaje.

Venid al vestíbulo.

De acuerdo, estaremos ahí enseguida.

–Supongo que la fiesta se ha trasladado al interior –le dijo Angel a Cristina.

Estaban a punto de entrar en el vestíbulo cuando Cristina la tomó del brazo y tiró de ella hacia el pasillo.

–Oh, Dios mío. Antonia ha venido –susurró Cristina.

–¿Qué? No, eso es imposible.

La pobre Cristina estaba tan asustada que veía miembros de la banda por todas partes.

–Mira allí. ¿Ves a la mujer morena del rincón hablando con aquel tipo pelirrojo? Es ella. Veo su tatuaje desde aquí.

Angel se volvió y miró discretamente. Era la misma joven que Angel había visto husmeando en las habitaciones privadas de RW. Le había parecido reconocer su voz, pero de lo que no había ninguna duda era de que la mujer tenía un cuchillo tatuado detrás de la oreja.

–¿Qué hacemos? –preguntó Cristina.

Estaba fuera de toda cuestión que Angel tenía que proteger a los suyos. ¿Dónde estaba RW? Sacó el móvil y con dedos temblorosos le escribió un mensaje.

La mujer que está hablando con Jeff es la hermana de Cuchillo.

Jeff estaba furioso. ¿Cómo se había atrevido Tonia a saborear a Michele?

–Hemos acabado, Tonia, recoge tus cosas y…

–No se mueva –los interrumpió un vigilante, apuntando con un arma a Tonia.

Dos vigilantes más se unieron y varias personas gritaron asustadas.

–¿Qué están haciendo? No es necesario –dijo Jeff–. Guarden las armas.

Al verse acorralada, Tonia dio un paso y agarró a Michele. Antes de que Jeff pudiera darse cuenta, Tonia sacó un cuchillo y se lo colocó a Michele en el cuello.

–Atrás –gritó Tonia.

Michele clavó su mirada asustada en Jeff.

–Tranquilo todo el mundo –dijo Jeff y levantó los brazos para atraer la mirada de Tonia–. Suelta a Michele y podrás salir de aquí. Nadie te detendrá.

–Lo siento, hijo, pero no puede irse.

De repente, su padre había aparecido a su lado y estaba susurrándole al oído para que solo él pudiera oírlo.

–Pertenece a la banda de Cuchillo y podría matar a Angel –añadió RW.

Jeff se quedó sin respiración. Una asesina retenía a Michele.

–Voy a marcharme, ¿entendido?

–¡No le hagas daño! –exclamó Jeff.

–Ni siquiera sabemos por qué está aquí –intervino RW haciendo gala de una gran calma–. ¿A qué viene esta farsa en mi casa?

–Ya lo expliqué en el vídeo que mandé con mi solicitud. La familia lo es todo. A mi hermano le robaron algo hace mucho tiempo y quiere que se lo devuelvan.

–Sé que está buscando a Angel, pero no está aquí.

Tonia miró alternativamente a RW y a Jeff.

–Mentira. Su detective privado me dijo que estaba escondida aquí.

Jeff tragó saliva. El detective que RW había contratado había sido asesinado por la banda. ¿Le habrían hecho hablar?

–Tengo el presentimiento de que Angel está aquí. Sabíamos que le gustaban los caballos, así que pensamos que estaría aquí trabajando en sus establos. La entrevista para el puesto de chef fue la oportunidad perfecta. Además, quería ganar.

–¡Salga de mi casa! –rugió RW–. Dígale a su hermano que deje a mi familia tranquila o que se las verá conmigo, ¿lo entiende, Antonia? Cuchillo nunca se ha enfrentado a alguien como yo. Estoy dispuesto a enviar a ese canalla directamente al infierno.

Tonia abrió los ojos como platos al oír aquella amenaza. Soltó a Michele y corrió hacia la puerta. Michele cayó de rodillas.

–Te tengo, cariño.

Jeff la tomó en brazos y la llevó hasta el sofá. Tenía un corte.

–Que alguien me traiga un paño limpio –gritó–. Hay que llamar a un médico.

RW ordenó a uno de los vigilantes que siguiera a Tonia y averiguara dónde vivía Cuchillo. Habían perdido su rastro después de que asesinara al detective.

—¿Dónde está Angel? —preguntó una de las hermanas.

—Oh, Jeff, ¿he arruinado tu noche?

—No, cariño, lo has hecho todo bien.

Jeff limpió el corte de Michele con el paño e hizo presión. El corazón le latía con tanta fuerza que parecía a punto de explotar. Después de varios minutos, examinó el corte y sintió alivio al ver que no era profundo.

—Te pondrás bien.

Quería salir de allí y llevársela directamente a su cama. Después de aquel susto, lo único que quería era acariciarla, saborearla, sentir su corazón latiendo al lado del suyo.

—He pasado mucho miedo —dijo Michele.

—Lo sé, yo también.

Jeff le acarició la mejilla y luego la besó apasionadamente, olvidándose de todo lo que los rodeaba.

Capítulo Quince

Jeff había cancelado su cita de aquella noche, aunque no le importó. Lo único que le preocupaba en aquel momento era cuidar de Michele. Solo de pensar que podía haberla perdido sentía pánico.

Después de que el médico la examinara y no considerara necesario darle puntos en la herida, Jeff la había acompañado a su habitación. Deseaba llevársela a la cama, pero no había dicho nada porque parecía cansada, y había ocupado la habitación contigua por si acaso tenía pesadillas o necesitaba algo. No había dormido en toda la noche, dando vueltas a lo que había pasado. Michele había sido valiente y había demostrado tener nervios de acero desde el principio de la fiesta hasta aquel final dramático. Su comida, dejando a un lado la salsa, había sido original y deliciosa.

Michele era la chef que buscaba. Había demostrado ser la indicada para el puesto y había superado todas sus inseguridades.

Cuanto más intimaba con Michele, más se daba cuenta de que no era el hombre adecuado para ella. A punto habían estado de matarla por su culpa y la de su familia. No se lo habría perdonado si Tonia la hubiera hecho daño. Sentía algo por ella, la deseaba y necesitaba más de lo que estaba dispuesto a admitir, pero no podía enamorarse de

128

él. No podía permitirlo. No quería hacerla sufrir como habían sufrido sus padres. Iba a tener que casarse con otra.

Cuando oyó ruido en su habitación, llamó a la puerta.

–¡Jeff! Buenos días –exclamó Michele, con una mezcla de alegría y sorpresa en su expresión.

Él se recostó en el marco de la puerta y respiró su olor a recién duchada.

–¿Cómo te sientes?

–Bien –contestó llevándose la mano al apósito que tenía en el cuello–. Fue solo un rasguño.

Jeff suspiró aliviado.

–Me alegro. Tengo planes para ti. Será mejor que empecemos cuanto antes.

–¿Voy a cocinar o se trata de otra salida?

–Nada de eso. Necesitas tomarte un descanso. Además, tengo entendido que todavía no conoces el yate ni has disfrutado de la playa privada de los Harper.

Tenía una sonrisa preciosa.

–Cierto, no he hecho ninguna de las dos cosas.

–Pues tenemos que hacer algo al respecto –dijo él sacudiendo la cabeza– Llévate algo de abrigo para por la mañana, además del bañador y una toalla. Yo me ocuparé del pícnic. Tenemos que celebrar tu nuevo puesto, chef Cox.

–Así que anoche lo decías en serio.

–Por supuesto. Te he elegido a ti, Michele, vas a ser mi chef.

Ella dio un grito y lo rodeó con sus brazos por el cuello. Jeff la envolvió en un abrazo y allí mismo la besó. Parecía que era incapaz de dejar de besar a Michele Cox, la mujer a la que quería pero con la que no podía casarse. ¿Qué demonios iba a hacer?

El yate era espectacular, con su madera oscura y sus remates metálicos, y parecía nuevo. Nunca había visto un barco tan grande y le sorprendió que le dijera que era el pequeño. Al parecer, RW tenía varios barcos por todo el mundo.

Llevaban veinte minutos navegando, lo suficientemente cerca de la costa como para contemplar los escarpados acantilados y las calas. Le habría gustado continuar hasta San Francisco o Hawái, pero tenía un trabajo que hacer en Plunder Cove. Ya no tenía que seguir soñando con huir. Viviría en un paraíso y trabajaría haciendo lo que siempre le había gustado.

Tenía que pensar cómo llevar a Cari hasta Plunder Cove. Seguramente encontraría una residencia cercana en la que pudiera vivir. Le llevaría un tiempo adaptarse a un nuevo entorno, pero Michele estaba segura de que su hermana disfrutaría de la playa y de los caballos que poseían los Harper.

Navegar en aquellas aguas azules del océano con un hombre tan sexy era un privilegio. Era comprensible que la hubiera evitado durante una semana. Había estado muy ocupado con el restaurante y el concurso, que no había sido fácil. Además, había preferido distanciarse porque eran dos personas que querían cosas muy diferentes. No podía olvidar que Jeff no quería o no podía entregarse a ella. Tenía que ser realista. Aquella conexión que existía entre ellos no tenía futuro.

–¿Quieres llevar el timón? –le preguntó.

–¿Puedo?

–Ven aquí.

Se echó hacia atrás y le hizo sitio. Ella puso las manos en el timón.

–Relájate, es fácil.

Su voz profunda junto al oído le produjo un delicioso escalofrío. Luego, le puso las manos en los hombros.

¿Relajarse? Sentía arder su cuerpo y solo podía pensar en sus grandes manos tocándola. ¿Por qué se había puesto una sudadera? Quería sentir sus caricias. Jeff la atrajo hacia él y sintió sus fuertes abdominales contra la espalda. Cuánto lo deseaba. Cerró los ojos e inhaló su olor. Enseguida recordó que estaba al mando del barco y abrió los ojos.

Además, no tenía sentido imaginarse sus manos recorriendo su cuerpo ni soñar con sus labios. Iba a trabajar con él y no sabía cómo iba a afectar a su relación laboral su… situación.

Entre ellos había una fuerte química, pero eso era la parte fácil a la vez que peligrosa. Cuando estaba cerca de él, quería subirse a su regazo, dejarse llevar y hacerle alcanzar con ella el éxtasis. Iba a ser difícil trabajar con él día tras día, pero no podía relajarse y bajar la guardia o acabaría enamorándose de él. Uno más de sus besos y sus defensas se derrumbarían.

Si volvía a ceder a su deseo por él, acabaría mal. Le había dejado bien claro que no se enamoraría de ella. No podía ser tan tonta como para ignorar ese detalle. Por mucho que soñara con Jeff Harper, no era su hombre ideal. Acabaría casándose con otra y tendría que olvidarlo, lo cual iba a ser tremendamente difícil, puesto que iba a trabajar con él.

Jeff echó el ancla y apagó el motor. Luego se quitó la sudadera y por primera vez vio de cerca su torso y sus brazos. Las fotos de las revistas no hacían justicia a su físico, y deseó acariciar cada uno de sus músculos.

–¿Lista? –preguntó él.

No. Sus defensas peligraban. Estaba en serios apuros.

Jeff remó hasta la orilla en un pequeño bote y Michele le ayudó a sacarlo a la arena. Era una pequeña playa de arena blanca, con algunas rocas al borde del agua.

–Hacía años que no venía aquí –dijo él apartándose un mechón de pelo de los ojos y sonriendo como un niño–. Parece que he hecho un viaje al pasado. Voy a ver si veo cangrejos.

–Muy bien, déjame colocar esta manta y enseguida voy.

Jeff se acercó a las rocas y ella sonrió mientras extendía la manta sobre la arena. Disfrutaba viéndolo tan relajado.

Tenía que controlarse, no podía jugar con fuego, aunque en el fondo lo estaba deseando. Una vez más, deseaba mostrarle lo que era el amor. Si pudiera enseñarle a dejarse llevar, a disfrutar de los sentimientos, tal vez conseguiría que le abriera el corazón. Estaba convencida de que era capaz de amar y quería hacerle ese regalo.

Además, habiendo conseguido el puesto de chef y teniendo asegurado el cuidado de su hermana, se sentía envalentonada.

–¿Esto es una cita? –le preguntó cuando volvió y se sentó a su lado.

Jeff deslizó un dedo por su hombro.

–Tan real como parece.

–Recuerdo que nuestra última cita se vio bruscamente interrumpida. ¿Podemos retomarlo donde lo dejamos?

–¿Quieres sentarte en mi regazo? –preguntó él sonriendo.

–Sí, pero no, tengo otra idea.

La última vez que se sentó sobre él, enseguida había perdido el control. Si quería que se sintiera amado, iba a tener que tomárselo con calma.

–Túmbate.

Jeff la miró con curiosidad y cautela, e hizo lo que le pedía.

–Colócate la toalla bajo la cabeza. Quiero que veas lo que te voy a hacer.

Michele no estaba segura de lo que estaba haciendo y seguramente fuera un error, pero estaba deseando disfrutar de él. Comenzó a dibujar círculos sobre las uñas de sus dedos y siguió acariciando suavemente sus nudillos, deteniéndose en cada hueso y cada vena que sentía bajo su piel. Tenía unas manos grandes y fuertes, salpicadas de pecas en el dorso, y le volvió las palmas hacia arriba para recorrer cada línea. Luego lo miró, pidiéndole permiso en silencio para continuar.

–Me gusta –dijo él con voz ronca.

Ella también sentía algo especial. Nunca antes había acariciado a nadie de aquella manera y no parecía tener suficiente.

–Ahora los brazos.

¿Por qué estaba susurrando? Estaban solos en una playa privada.

Le rodeó las muñecas y deslizó las uñas por su antebrazo antes de volver a bajar hacia las manos. Jeff sintió que el vello se le erizaba y Michele apretó con fuerza, maravillada con sus músculos. A continuación le hizo volver los brazos y recorrió la suave piel de su interior antes de besar sus codos.

–No pares, sigue.

La gravedad de su voz le hizo levantar la vista. La mirada de Jeff era intensa.

–Ahora, los hombros –dijo Michele, con voz más ronca de lo habitual.

Le masajeó los músculos de los hombros antes de deslizar las manos hasta su cuello. Allí sintió la fuerza de sus latidos. Estaba respirando entrecortadamente, como ella.

Llevaba deseando ese momento desde aquella noche incompleta, tal vez incluso desde antes.

Le acarició el cuello antes de pasarle el dorso de la mano por el mentón y la barbilla. No quería perderse ningún centímetro de su cuerpo.

Jeff seguía con sus ojos cada uno de sus movimientos y Michele sintió que se le ponía la carne de gallina. Deseaba tenerlo dentro. Nunca había sentido un deseo tan desesperado.

Carraspeó y apretó las piernas. Una intensa fuerza se estaba concentrando en su entrepierna y apoyó las manos en el pecho de Jeff y empezó a juguetear con sus pezones.

–Michele, no pares –dijo con sensualidad.

Ella volvió a acariciar su pezón antes de deslizar la mano por los rizos de su pecho.

–Me gusta tu pelo pelirrojo.

–Hay mucho más con lo que jugar.

Michele arqueó la ceja y bajó la vista. Estaba muy excitado. Lentamente acarició sus abdominales y su mano siguió bajando. La respiración de Jeff era agitada, casi tanto como la suya. Levantó la cabeza y vio pasión y deseo en su expresión.

No era el único.

–¿Jeff? –dijo suavemente–. Quiero besarte.

El gemido que emitió fue como música para sus oídos. Le pasó la mano por el pelo y tiró suavemente de su coleta para que levantara la barbilla.

–No sabes cuánto te deseo –dijo él mirándola a los ojos.

Era como si llevara toda la vida deseando oír aquellas palabras. Michele le bajó los pantalones y lo tomó con su boca.

Aquello era lo que necesitaba.

Michele lo estaba acariciando de una manera que nunca había experimentado. Era como si estuviera disfrutando con cada centímetro de su piel y no se cansara de él. Aquello lo estaba volviendo loco. Estaba excitado y no iba a ser capaz de contenerse mucho más. ¿Y todo aquello solo por unas caricias? ¿Qué ocurriría cuando sintiera su calor interior? Necesitaba hacerle el amor cuanto antes.

Cuando rodeó su erección con los labios y chupó, un espectáculo se formó detrás de sus globos oculares.

–Michele, detente –consiguió decir–. Estoy muy cerca y quiero estar dentro de ti.

Jeff se incorporó y le bajó los tirantes del bañador por los hombros. Luego le besó la base del cuello y sus gemidos a punto estuvieron de hacerle perder el control.

–Lo siento, cariño. Esto va a ser más rápido de lo que me gustaría, pero te deseo tanto que no puedo esperar. Quítate el bañador mientras busco el preservativo.

Menos mal que había llevado uno. Ella asintió. Sus ojos brillaban llenos de deseo.

Ambos estaban dispuestos. Michele estaba de rodillas sobre la toalla, desnuda.

–Eres preciosa –dijo y la colocó encima de él.

Con sus senos contra su pecho, piel con piel, sus muslos unidos y sus corazones latiendo con fuerza, Jeff solo tenía un pensamiento: era perfecta.

Cuando se hundió en ella y sintió su calidez, cerró los ojos para memorizar cada una de aquellas sensaciones. Luego, empezó a moverse y su mente se quedó en blanco.

Michele se aferró a sus hombros y aumentó el ritmo. Al parecer, también estaba cerca, y enseguida se unió en su carrera a la gloria.

Jeff tomó uno de sus preciosos pechos y tuvo la sensación de que le habría gustado que hubiera dedicado un rato a acariciar y besar su cuerpo cálido. Tal vez la próxima vez.

Le chupó un pezón, y ella se arqueó y dejó escapar un grito. Jeff sonrió y la hizo rodar para colocarse encima. Michele lo abrazó con las piernas y él aprovechó para hundirse más profundo.

–Oh, sí, Jeff.

Continuó moviéndose, deleitándose con la sonrisa que veía en sus labios. La embistió unas cuantas veces más y cuando la oyó gritar de nuevo, llegó al límite.

Michele y su frescura era exactamente lo que siempre había necesitado. Por primera vez en mucho tiempo, se sintió libre.

Capítulo Dieciséis

No sabía cuánto tiempo había pasado, pero estaba hambrienta. Al parecer, Jeff también.

–¿Qué tenemos aquí? –preguntó Michele, incorporándose para revisar la cesta–. ¿Has preparado la comida?

–Jamón y queso –contestó él–. Mi especialidad.

–Estoy deseando probarlo.

Se sentaron uno al lado del otro, con las piernas rozándose, y comieron en silencio. Algo había cambiado en ellos, no solo por haberse dejado arrastrar por el sexo. Casi podía oírlo pensar, pero no quería entrometerse. No se atrevía a hacerle preguntas.

Jeff se tomó el último bocado e hizo una bola con el plástico.

–Cuando tenía seis años, solo comía macarrones con queso.

–Mi hermana era igual. Teníamos que engañarla para que comiera otras cosas.

–En mi familia había órdenes. «Jeffrey, cómete toda la comida» –dijo imitando una voz femenina–. «O te acabas el plato o no tendrás comida mañana».

–Tuvo que ser muy duro.

–A veces prefería no comer. Como la noche del pescado. Dios, cómo odiaba los calamares.

Michele se llevó la mano al pecho.

—Lo sabía, no te gustó aquel primer guiso que te preparé. Debería haber hecho pollo.

—No lo sabías. Lo que viví de pequeño no salía en las revistas —continuó Jeff—. Como te decía, fui un niño quisquilloso. Una noche, después de que me negara a comer, mi madre dijo que estaba harta de mis caprichos. Su plato favorito era la pasta con marisco y me dijo que me la comiera sin rechistar. Mi padre no estaba y obligó a todo el mundo a comportarse como si yo tampoco estuviera. Después de unos minutos, lancé mi plato al aire. Las gambas y los espaguetis acabaron en la pared. Nunca había visto a mi madre tan enfadada. Me tomó por el brazo y me sacó fuera. Empecé a llorar y me llevó al cobertizo. Me dijo que como siguiera llorando, no me dejaría salir nunca, y luego cerró la puerta con llave —dijo e hizo una pausa antes de continuar—. Matt me había contado que había serpientes en el cobertizo. Estaba oscuro y hacía frío. Grité hasta quedarme sin voz. Busqué alguna herramienta para salir, pero estaban en lo alto y no llegaba. Pasé tanto frío que pensé que iba a morirme allí, solo.

—¡Oh, Jeff! —exclamó Michele, y se tapó la boca con la mano.

Ella había recibido el acoso psicológico de Alfieri, pero era una mujer adulta capaz de alejarse de un jefe abusador. Jeff tan solo era un niño.

—¿Cuándo te dejó salir?

La voz se le quebró y los ojos se le llenaron de lágrimas.

Jeff rio con amargura.

–No, no me dejó salir. Quería enseñarme a ser fuerte. En su mundo, las emociones son un signo de debilidad. Creo que tiene alguna tara en su genética que le impide amar y que yo he heredado.

¿Una persona incapaz de amar? Michele seguía sin creerlo.

–Lo siento, Jeff. Nadie debería tratar a un niño de esa manera.

–Estás llorando –dijo y le secó las lágrimas con el dorso de la mano.

–Las emociones son algo normal, en especial en un niño pequeño. Una madre debería saberlo. ¿Qué hizo tu padre cuando se enteró?

–Le contó que había ordenado al personal que fueran a buscarme, pero que se habían negado. Fue una mentira. A la mañana siguiente, Donna, la cocinera, me oyó llorando y me encontró en un rincón del cobertizo. Cuando abrió la puerta, corrí a sus brazos y me abracé con fuerza. Todo el personal se unió y le dijeron a mi madre que si entraba en la cocina, todos renunciarían. Como mi madre no tenía ni idea de cocinar, se cuidó de hacerlo –dijo, y se apartó un mechón que le había caído sobre la frente–. Desde entonces, no me gusta comer solo ni estar en sitios oscuros y pequeños. Por eso tampoco subo en ascensores.

Michele frunció el ceño.

–¿Pero el GIF? Estabas en un ascensor con una camarera.

–A eso iba. Ese GIF fue un montaje del dueño del hotel para destruirme –comentó, y acarició su mano distraídamente–. Finn me amenazó si grabábamos en su hotel. Era la primera vez que un hotelero se mostraba tan agresivo. Eso me hizo preguntarme qué sería lo que estaba escondiendo. Así que metí mis cámaras dentro. Michele, solo con lo que vi en la cocina, podría hundir a Finn.

–¿Lo tienes todo grabado?

Jeff asintió, sin dejar de dibujar círculos en el dorso de su mano.

–Los empleados me contaron sus pésimas condiciones de trabajo. La normativa no se cumple y las medidas de seguridad se ignoran. Iba a ser el mejor episodio de todos –explicó y suspiro antes de continuar–. Pero nunca verá la luz porque Finn colocó guardias de seguridad en la escalera, obligándome a tomar el ascensor. No tuve otra opción. Tenía que entregarle la grabación a mi productor. Fui un estúpido. Debí haberme imaginado alguna argucia por parte de Finn, pero esto…

Michele estaba empezando a entender.

–Porque no te gustan los sitios pequeños.

–Así es –replicó Jeff y entrelazó los dedos son los suyos–. Estaba temblando cuando me subí a aquel aparato, pero estaba la camarera dentro y traté de mantener la calma. Pero cuando el ascensor se paró entre pisos… –dijo y sacudió la cabeza–. Fue una pesadilla hecha realidad.

Michele sintió el sudor de su mano y le dio un apretón.

–Entonces la camarera se quitó la blusa.

–¿Que hizo qué?

–Sí, me pareció raro, pero hay gente que hace cosas raras cuando tiene a alguien famoso delante. Yo seguía apretando los botones, intentando que el ascensor se pusiera en marcha, cuando aquella mujer me agarró y me besó. Todo pasó tan rápido que no parecía real. Cuando empezó a frotarse contra mí, reaccioné. Traté de soltarme y las luces se apagaron. Tan solo entraba un poco de claridad por la rendija de la puerta. Me sentía desorientado, aterrado. Sentí que algo me daba en el trasero y forcejeé. Volvieron las luces del ascensor y me encontré a la camarera en el suelo, con el sujetador roto, el pelo revuelto y un arañazo en su mejilla.

Al ver su expresión atormentada, Michele deseó abrazarlo, pero se contuvo por temor a que dejara de hablar. Tenía la sensación de que necesitaba compartir aquello.

–Finn manipuló el ascensor, apagó las luces y pagó a la camarera para que se me echara encima mientras grababa toda la situación. Cuando dio a conocer la primera parte, saltó el escándalo sexual y arruinó mi carrera. Todavía no ha hecho pública la segunda parte, esa en la que parece que ataqué a la camarera y con la que me está chantajeando.

–¡Te besó y se te echó encima! ¿Cómo puede usar eso contra ti?

–El chantaje funciona muy bien cuando hay grabaciones. La gente se lo cree aunque sea mentira.

Michele se sintió avergonzada. Incluso ella se lo había creído.

–¡Eso no es justo! Si un hombre hubiera intentado aprovecharse de mí en un ascensor, habría forcejeado para evitarlo. No hiciste nada malo.

–Cariño, mido más de uno noventa y peso noventa kilos. Soy fuerte y esa mujer era menuda. Tú eres menuda.

Algo en su tono le preocupó. Ladeó la cabeza y se quedó estudiándolo. ¿Por qué la había mencionado a ella?

—Nunca haría daño a una mujer, Michele, lo juro —dijo y se quedó mirando sus manos como si fueran armas—. No tengo buenos genes. No se me dan bien las relaciones ni sé cómo conectar con la gente. ¿Y si soy como mi madre?

Ahora lo entendía.

—Oh, Jeff, ¿has hablado de esto con alguien, con algún terapeuta?

—Es la primera vez que hablo de estas cosas. Estoy intentando mejorar mi reputación. Si algo de esto se supiera, sería el fin para el hotel de Plunder Cove. Necesito que este sueño se haga realidad.

—Y así será.

Tenía que ser así por el bien de ambos.

Dejaron de hablar del pasado y de la incertidumbre que el futuro deparaba, y disfrutaron del día en la playa bañándose y jugando con las olas. Después, estuvieron paseando de la mano y charlando.

Se estaban besando como adolescentes tumbados sobre la manta cuando una lancha motora se acercó a la cala. Jeff se incorporó y Michele se volvió para mirar. Entonces, vieron el objetivo de una cámara apuntándolos.

—Agáchate —le dijo Jeff, ocultándole la cara con los brazos.

Pero ya era demasiado tarde. La cámara los había pillado de nuevo en una posición comprometida.

Capítulo Diecisiete

Recogieron sus cosas rápidamente y se subieron al bote para dirigirse al yate y perseguir al fotógrafo. A Jeff le preocupaba más la reputación de Michele que la suya propia. Al fin y al cabo, todo el mundo lo tenía ya por un playboy. Michele no se merecía que ensuciaran su nombre. Si alcanzaba a aquel tipo, tal vez pudiera hacerle entrar en razón y ofrecerle lo que quisiera para que borrara aquellas fotos.

–Sujétate –le dijo a Michele mientras ponía rumbo a toda prisa hacia el yate.

Pero al cabo de unos minutos, se dio cuenta de que ya era demasiado tarde. El fotógrafo tenía una lancha motora y sabía cómo manejarla, así que aminoró la velocidad.

–Lo siento, creo que no tenemos posibilidad.

–¿Qué va a hacer con las fotos? –preguntó Michele, en cuyos ojos se adivinaba la preocupación.

–Todo saldrá bien. Ven aquí, cariño –dijo tomándola entre sus brazos.

Alzó la cabeza y la habitual alegría de sus ojos había dado paso al temor.

–Esas fotos de nosotros son… íntimas.

–Las venderá al mejor postor. Voy a pedir al departamento de comunicación que traten de hacerse con ellas antes que nadie.

–¿Y si no pueden comprarlas? Tal vez sea otro intento de Finn por destruirte. Las publicará en todas partes.

Sí, lo haría. Una tormenta se estaba desatando en su interior. ¿Cómo podía proteger a Michele?

–Tenemos que detener a Finn –afirmó decidida.

–Esta es mi guerra –dijo él acariciando su mejilla–, no la tuya. No deberías estar con alguien como yo.

–¿Y si quiero estar con alguien como tú? –preguntó ella y apoyó la cara en su pecho desnudo.

Jeff contuvo su respiración. Aquellas palabras eran una suave lluvia sobre el fuego que ardía en su pecho.

–¿A pesar de mi pasado?

Michele se puso de puntillas y lo atrajo hacia sus labios.

–Sí.

Esa noche, Jeff durmió solo. Le dio un beso de buenas noches a Michele y le dijo que tenía trabajo. Pasó toda la madrugada con el equipo de comunicación, tratando sin éxito de dar con el fotógrafo de la lancha motora.

Nunca antes le habían preocupado las mujeres con las que los paparazzi le hacían fotos. Esta vez sí y estaba dispuesto a hacer todo lo que fuera necesario para evitar que la prensa diera con ella.

¿Qué iba a hacer con Michele?

Desde que estaba con ella había cambiado.

A pesar de que el paparazzi había interrumpido

aquel último beso en la playa, sentía como si se hubiera convertido en un hombre nuevo.

Nunca había conocido a una mujer con la que pudiera hablar como con ella. Le había contado cosas que a él mismo le costaba admitir sin que lo juzgase. Y le había tocado como nadie, con una dulzura y una pasión que le habían sacudido hasta la médula.

Entre ellos había química. A pesar de que no había dormido en toda la noche y de que tenía la cabeza puesta en la construcción del restaurante, se excitaba solo de pensar en el tiempo que habían pasado en la playa. La deseaba en aquel momento.

Deslizó una nota por debajo de su puerta: *Cena conmigo esta noche. Sí, es otra cita. Di que sí.*

Estaba deseando volver a verla desnuda y hundirse en ella, tal vez en la ducha y luego en la cama.

A la hora de la cena, dejó la obra y se fue a casa en busca de Michele. Como el concurso había acabado, Donna y el resto del personal estaban de vuelta. Se alegró de verlos, pero no pudo evitar sentirse desilusionado al no encontrar a Michele en la cocina. Se había acostumbrado a ver su expresión de concentración mientras cocinaba, por no mencionar su trasero cuando se inclinaba para meter algo en el horno.

Estaba teniendo una erección solo de pensar en ella.

Solo deseaba hacer una cosa: tomarla entre sus brazos y demostrarle lo mucho que la había echado de menos. Cuando llegó a su habitación, la encontró hablando por teléfono, sentada en una hamaca de la terraza mirando hacia los jardines. El sol de la tarde la bañaba con su luz dorada y una suave brisa sacudía su melena.

Era preciosa. Se le aceleró el corazón y una extraña sensación cálida lo invadió. Nunca antes había sentido algo así.

–Ahora entiendo por qué estabas loca por Jeffrey Harper. ¡Vaya que si lo entiendo!

Jeff sonrió. Estaba hablando de él y aquello le agradó más de lo que estaba dispuesto a admitir. ¿Mencionaría sus ojos azules, su pelo pelirrojo y sus abdominales? Aquellas tres cosas eran las que siempre se mencionaban en los artículos que escribían sobre él.

–Es un buen hombre.

Aquellas palabras le sorprendieron. Nunca nadie le había dicho que era un buen hombre y oírselo de sus labios hizo que sintiera que algo se derretía en él. Pero a la vez también le asustó.

Quería ser el hombre que Michele pensaba que era. No había nada bueno en él y eso no iba a cambiar. Se acostaría con ella, se divertirían una temporada, pero antes o después tendría que cumplir la promesa que le había hecho a su padre y buscaría esposa.

Aquella idea ya no le agradaba.

–Sí, ya sé que es un poco precipitado –continuó Michele en el teléfono–, pero creo que me estoy enamorando de él.

Las alarmas se dispararon. No podía estar enamorada de él.

–Por favor, no dejes que Cari vea las fotos de la fiesta. Pensará que voy a casarme con él y eso no va a pasar. Cada uno busca algo diferente.

Aquello lo sorprendió. Michele tampoco creía que tuvieran un futuro en común. Tenía que casarse con alguien a quien no pudiera hacer daño.

¿Por qué sus palabras le habían afectado tanto? Se dio media vuelta y se alejó.

Michele se llevó una desilusión cuando Jeff no fue a recogerla para cenar. Alguien del servicio le entregó una nota diciendo que Jeff tenía que trabajar y que no le esperara para cenar. Parecía estar muy ocupado con las obras del restaurante.

A la mañana siguiente, se fue a la cocina y se encontró con los empleados. Se presentó, y cuando fue a saludar a la mujer de pelo cano llamada Donna, en vez de estrecharle la mano, le dio un abrazo.

—Gracias por cuidar de Jeff —susurró en su oído—. Me contó lo que pasó en el cobertizo.

Donna la miró sorprendida.

—¿Se lo ha contado?

Michele asintió.

—Su secreto está a salvo conmigo.

—Jeff lleva toda la vida necesitando a alguien como usted —dijo Donna, y se fundió en un abrazo con Michele.

Las mujeres se sonrieron con complicidad.

—¿Qué quiere que le prepare? —preguntó Donna.

—Lo cierto es que he venido para prepararle la comida a Jeff.

—Claro, le encantará.

—No quiero molestar. De todas formas, me iré dentro de unos días.

–¿Qué? No, no puede irse.

–Tengo que volver a Nueva York para recoger mis cosas y traer a mi hermana. Pero antes, quiero prepararle algo especial a Jeff.

–Claro, querida. Mi cocina es su cocina.

Más tarde, Michele se acercó a la obra. La construcción del restaurante parecía ir más rápido de lo que había dicho Jeff y se dio cuenta de que tenía mucho que hacer para la noche de la inauguración. Le pediría a Donna que le dejara usar la cocina de Casa Larga para crear algunas recetas nuevas. Su cabeza era una fuente inagotable de ideas.

Jeff salió del edificio. No sonrió y tampoco se acercó.

–Michele, ¿qué estás haciendo aquí?

–Te he traído algo para comer.

–No hacía falta.

Michele frunció el ceño. Algo no iba bien. ¿Estaría enfadado?

–Lo sé, solo quería… que comiera algo.

Se quedó quieta, preguntándose qué le pasaba. Él ni se inmutó. Estaba ocupado o de mal humor.

–No te robaré más tiempo –prosiguió Michele–. Solo quería decirte que vuelvo a casa un par de semanas para ver cómo está mi hermana. Me gustaría que se viniera a vivir aquí. Estoy segura de que tiene que haber residencias en California, aunque estén algo apartadas de aquí.

–Bien –dijo Jeff, cruzándose de brazos–. Ahora mismo, creo que lo mejor es poner distancia entre nosotros.

–Jeff, ¿qué pasa?

–No puedes amarme, Michele –respondió acercándose–. No lo permitiré.

–¿Qué estás diciendo? –preguntó boquiabierta.

–Ya te lo dije, soy incapaz de amar, como mi madre, y no quiero hacerte daño. Eres una mujer especial, la persona más maravillosa que he conocido nunca, y no quiero causarte dolor. Por eso creo que deberíamos dejar de vernos, salvo en el trabajo.

No sabía cómo se había dado cuenta, pero era cierto: se estaba enamorando de él.

–Jeff, tal vez si nos damos un tiempo…

–No me queda tiempo.

–¿A qué te refieres?

–Vuelve a casa y visita a tu hermana. Te doy tres semanas para que decidas si quieres trabajar para mí, sabiendo que tengo que casarme con otra.

El corazón se le partió.

–¿Tienes o quieres?

–No es decisión mía. Mi padre me lo impuso como condición. Tengo que casarme con alguien cuando el restaurante esté acabado.

–Apenas quedan unos meses.

–Pensaba que podría hacerle cambiar de idea, pero es un cabezota.

Nada de aquello parecía real. ¿Se había acostado con ella sabiendo que tenía que casarse con otra?

–¿Quién…?

–Todavía no he encontrado esposa.

–Es una locura, tu padre no puede obligarte a algo así.

–Claro que sí. Le prometí cumplir el contrato

–dijo y resopló–. Escucha, lo siento. Lo que hemos tenido ha sido increíble, pero no quiero verte mezclada en los líos de mi familia porque eres muy importante para mí.

–Como chef.

–Y espero que como amiga, pero tú eres la que tiene que decidir. Piensa en ello mientras estés en Nueva York. Si no quieres el puesto, llamaré a Freja. Nunca ha sido mi intención hacerte daño.

Y con esas, se dio media vuelta y se marchó.

Los fogones de la cocina y los electrodomésticos llegaron ese mismo día.

Jeff estuvo ocupado con la instalación y apenas pensó en Michele. Pero cuando el sol se puso y tuvo que cenar solo, volvió a recordar su conversación. El dolor que había visto en su expresión cuando le había dicho que tenía que casarse con otra lo había dejado destrozado. Sentía algo por ella, más de lo que debería. Una vez estuviera en Nueva York, se daría cuenta de que no sería un buen novio. Se merecía alguien mucho mejor.

Debería haber elegido a Freja como chef. Al menos, no se atormentaría cada vez que entrara en la cocina. Sería muy duro abstenerse de besar a Michele. Eso, si decidía volver. Por su propio bien, no debería volver nunca. ¿Pero por él? Todavía deseaba tenerla a su lado. Vaya egoísta estaba hecho.

Estaba deseando verla, tocarla e inspirar su olor, así que fue a buscarla para disculparse por haber sido tan frío con ella y pedirle que se quedara. Pero se encontró su habitación vacía. Ya se había marchado.

¿Y si no volvía? ¿Habría perdido a la mejor chef, a la única mujer por la que había sentido algo?

Aquello era culpa de RW. Era su padre el que lo estaba obligando a casarse. Si no tuviera esa obligación, podría salir con Michele sin preocuparse del futuro y disfrutar mientras estuvieran juntos.

Entró en el ala privada de RW, decidido a convencer a su padre para que cambiara sus condiciones. Pasó por delante del vigilante y enfiló el pasillo oscuro.

–¿Papá, estás aquí?

No obtuvo respuesta. Encendió las luces del pasillo y llamó a la puerta de la habitación de RW. En el interior se oía música. Tuvo un extraño presentimiento. Algo no iba bien. Abrió la puerta y avanzó en medio de una completa oscuridad. Tanteó la pared hasta que dio con el interruptor y encendió la luz. Su padre estaba sentado en su escritorio, bebiendo bourbon, mientras se oía de música de fondo. Aquello lo extrañó; su padre nunca bebía.

–Papá, ¿qué pasa?

–Angel se ha ido, ha metido a Cristina y a su hijo en el coche, y se han marchado. ¿Qué va a ser de mí? No puedo seguir con esto, ella es la única que ve más allá de este estúpido –dijo dándose una palmada en el pecho.

Jeff nunca había oído tanto dolor en la voz de su padre.

–¿Adónde se ha ido? ¿Está bien?

La expresión de los ojos de su padre era desgarradora. Le recordaba al dolor que estaba inten-

152

tando superar desde que pusiera fin a lo suyo con Michele.

–No lo sé. ¿Cómo voy a protegerla si no me deja? Me ha dicho que no quería ponerme en peligro. Como si yo no hubiera estado muerto antes de que empezara a tratarme.

–Busquémosla –dijo Jeff pasándose la mano por el pelo.

–¡Maldita sea, no! Eso es precisamente lo que Cuchillo espera que haga. Es demasiado arriesgado –exclamó tomando a Jeff por el cuello de la camisa–. Le prometí que no irías tras ella.

–Está bien, esperaremos a que contacte contigo –dijo Jeff, agarrando la muñeca de su padre.

–Nunca he sido un hombre paciente.

–Sí, lo sé, pero a menos que tengas un plan mejor…

RW sacudió la cabeza y se llevó la botella a los labios. Jeff lo detuvo.

–Eso no ayuda en nada. Habías dejado de beber, ¿recuerdas?

–Gracias a Angel, pero sin ella… Perdí a mi familia y ahora he perdido a mi ángel. Estoy solo.

RW se desplomó sobre la mesa.

–No estás solo, no voy a dejarte –dijo Jeff tirando de los brazos de su padre–. Venga, papá, salgamos de aquí.

A la mañana siguiente, Jeff se despertó y estiró la espalda. Había pasado la noche en una butaca, junto a la cama de su padre. Al menos, los problemas de RW habían apartado a Michele de su cabeza. RW abrió los ojos y maldijo entre dientes. Jeff le dio un par de aspirinas y una botella de agua.

–Me alegro de que Angel no esté aquí para verme así.

–Has pasado una mala noche, olvídalo.

RW esbozó una medio sonrisa.

–Hablas como ella. De mis tres hijos, tú eres el que más le preocupa.

–¿Angel está preocupada por mí? ¿Por qué?

–Chloe nos contó lo que tu madre te hizo en el cobertizo y Matt nos dijo que estás convencido de que no puedes amar.

Jeff se levantó de un saltó.

–Pero bueno, ¿habéis estado hablando de mí a mis espaldas?

–Para ayudarte, hijo, es lo que hacen las familias –replicó RW–. Te juro que no sabía que tu madre te había encerrado en el cobertizo.

Se levantó y le puso las manos en los hombros a su hijo. Al ver su gesto de dolor, Jeff se preguntó si sería por las molestias de la resaca o porque se estaba imaginando aquel sufrimiento por el que había pasado.

–¿Cómo es posible que no supieras como era? ¿Por qué no la detuviste, papá?

RW asintió.

–Tienes razón, debería haber estado más atento. Fue culpa mía, Jeffrey. Eso es otra cosa por la que me tienes que perdonar.

Jeff sintió que las piernas se le debilitaban.

–Necesito sentarme.

Nunca antes había oído a su padre aceptar su culpa y pedir disculpas a continuación.

–Escúchame, hijo. No te pareces en nada a tu madre. Eres ambicioso, valiente y fuerte. Por eso tu madre descargaba su furia en ti, porque te parecías a mí. Seguro que ni siquiera se daba cuenta.

Jeff estaba sorprendido. Su padre nunca se había mostrado tan abierto con él.

–Y una cosa más. Sé que piensas que tu madre era incapaz de amar. Eso no es cierto. Tu madre me amó hasta que me puse enfermo. Algo se rompió dentro de mí y dejé de amarla. Me volví cruel y le hice daño. Entre nosotros estalló la tercera guerra mundial y lo destruimos todo. En aquel momento, estaba demasiado inverso en mi agujero como para darme cuenta, pero ahora lo veo claro. Angel me ayudó a ver la luz.

Jeff hundió la cabeza entre las rodillas. Sentía las piernas y brazos pesados.

–No sé qué decir.

–Di que ya estás cansado de ignorar tus sentimientos. Tu madre y yo te hicimos mucho daño, y tú quieres evitar causar ese mismo sufrimiento. Lo entiendo. Confía en mí, eres como tu padre. Si no te dejas llevar por tus sentimientos, no disfrutarás de la vida. Y quiero que disfrutes, hijo.

Entonces, sin previo aviso, RW envolvió a Jeff en sus brazos. Por primera vez en su vida, Jeff hundió el rostro en el hombro de su padre y le devolvió el abrazo.

Capítulo Dieciocho

Michele voló a Nueva York en un vuelo comercial, nada de jet privados, yates ni limusinas. Se le hacía raro estar de vuelta. Nada había cambiado excepto ella. Los días pasaban y seguía sintiéndose una extraña en su propia ciudad.

Los días los pasaba con Cari, contestando a las miles de preguntas que sus cuidadores le hacían sobre los Harper. Todos querían saber cómo era Jeff en la vida real. Cuanto más hablaba de él, más le echaba de menos.

¿Pensaría alguna vez en ella?

Cuando volvía a su pequeño apartamento, preparaba una receta tras otra. Tenía un cuaderno en un rincón de la cocina y otro en su mesilla para anotar todo aquello que se le ocurría.

Estaba contenta porque había superado su ansiedad por no poder cocinar. Y todo gracias a Jeff, que había acabado con la negatividad que le había transmitido Alfieri.

Era libre.

Estaba deseando mostrarle a Jeff algunos de los platos que había creado. Sonrió al recordar el sándwich de queso que le había preparado. Aquella había sido la primera vez que lo había besado y él le había pedido que cenara con ella.

¿Quién estaría cenando con él? Un terrible pensamiento hizo que dejara de escribir. ¿Y si cuando volviera se había casado? ¿Podría trabajar para él? No se veía capaz. Bastante doloroso le resultaba ya de por sí como para verlo destruir su vida con una persona que no lo amara y que tal vez solo buscara en él fama y dinero. No soportaba la idea.

No, tenía que impedir que se casara con una mujer que no lo amara. Porque ella lo amaba desesperadamente. Nunca antes había amado a nadie, pero estaba segura de que había que correr riesgos y ella estaba decidida a hacerlo por Jeffrey Harper. Quería que fuera feliz, quería darle la vida más dulce que pudiera imaginar, y para ello tenía que ser valiente y luchar por lo que quería: a él.

Lo llamó, pero se sintió decepcionada cuando saltó el contestador. Estaba deseando oír su voz.

–Soy Michele. Si todavía tienes que casarte... –dijo e hizo una pausa para reunir fuerzas–, cásate conmigo. Juntos lo pasamos bien, muy bien. Podemos ser amigos con derecho a roce. Quiero que seas feliz y que me hagas feliz. Sé en lo que me estoy metiendo –añadió riéndose–. Por favor, llámame para... organizar la boda. Llámame.

Colgó y se quedó mirando el teléfono. ¿Acaba de pedirle a un hombre que se casara con ella?

Se dejó caer en la cama entre risas. Sí, acababa de hacerlo.

Jeff estaba más ocupado que nunca, pero no podía dejar de pensar en Michele. ¿Volvería? Y si lo hacía, ¿sería capaz de evitar tocarla? Probablemente no. Lo único en lo que pensaba desde que se había marchado era en ella. Se alegraba de no llevar el teléfono a la obra. No paraba de buscar información y fotos de ella en las redes sociales. Cuando no encontraba nada, se enfurecía. Había apagado el teléfono y lo había guardado al fondo del cajón de los calcetines.

RW apareció en la obra, con mal aspecto, como si le hubiera pasado un camión por encima.

—Hola, papá. ¿Sabes algo de Angel?

RW sacudió la cabeza.

—Estoy considerando otra posibilidad para que se sienta segura y vuelva de una vez para siempre.

Las alarmas saltaron en la cabeza de Jeff.

—¿De qué se trata?

—Voy a enfrentarme a ese bastardo. Cuchillo se atrevió a invadir mi hogar. Ahora va a saber lo que se siente.

A Jeff no le gustó el plan.

—Suena peligroso. No sé si estás preparado para un enfrentamiento así, papá —dijo y se sorprendió al ver la furia de los ojos de su padre.

—Nadie mejor que yo para hacerle frente. Hizo daño a Angel y pagará por ello. No te preocupes, me aseguraré de que nuestra familia esté a salvo.

Jeff se quedó preocupado y decidió que hablaría con Matt para descubrir qué era lo que su padre estaba planeando.

—Papá…

—Ya está bien de hablar de esto.

RW puso fin a la conversación y se fue a recorrer el edificio para ver los avances. Típico de su padre, retirarse cuando no quería seguir escuchando.

«Matt y yo lo averiguaremos».

Jeff continuó trabajando. Era lo único que podía hacer, teniendo tantas cosas en la cabeza.

Diez minutos más tarde, volvió su padre.

–Todo va bien.

–Sí, la cocina estará operativa al final de la semana. Solo falta terminar el comedor.

Era la primera vez que veía a RW sonreír desde que Angel se había marchado.

–Estoy orgulloso de ti, hijo. Este proyecto es lo que ambos necesitábamos.

–Gracias, papá –dijo Jeff, y frunció el ceño–. Hace tiempo que Finn no publica nada en internet. Me pregunto qué se traerá entre manos.

–Tal vez nuestros abogados lo asustaron.

–Lo dudo. Veré qué está pasando. Bueno, hijo, te dejo trabajar.

Jeff vio a su padre alejarse y se preguntó qué sería lo que él se traería entre manos.

Hacía casi dos semanas que Michele se había ido aunque parecían muchas más. ¿Estaría dispuesta a volver? ¿Cuándo lo haría? Aquellas preguntas lo asaltaban día y noche.

Jeff y Matt estaban jugando una partida de billar cuando su padre apareció, agitando un periódico.

–¿Qué demonios es esto?

Chloe apareció corriendo detrás de él.

–Papá, alguna de esas fotos son de comienzos de año, de antes de que Jeff volviera a casa.

Jeff rodeó la mesa para ver qué estaban mirando. El titular rezaba: *El harén de Jeffrey Harper*. A continuación había dos páginas llenas de fotografías suyas con mujeres.

–¿Has salido con todas estas mujeres este año?

–Le he pedido a nuestros chicos que comprueben las fotos –intervino Chloe–, pero no sé si podrán ayudarte, Jeff. Parecen fotos auténticas.

Matt ladeó la cabeza.

–Mirad, aquí está Michele Cox, de nuevo en la playa.

–Esto lo ha hecho Finn –dijo Jeff llevándose la mano a la sien.

–No me extrañaría que estuviera detrás –asintió Chloe.

–Me da igual quién hizo las fotos. Ya me han llamado unos cuantos accionistas muy enfadados. Se supone que tendrías que estar dando una imagen respetable, Jeffrey, no mostrando un harén –farfulló RW.

–¡Me dijiste que buscara novia!

–No te dije que salieras con todas las mujeres del hemisferio norte. Estás arruinando tu carrera y haciendo daño a tu familia. Es hora de elegir. Cásate con alguna –le ordenó RW.

Jeff no quería hablar de aquello. No estaba seguro de si alguna vez estaría dispuesto a casarse.

La última mujer con la que se había acostado era Michele. Ella había visto más allá de su imagen pública, de la arrogancia del crítico de hoteles, y conocía su verdadera personalidad.

No quería pensar en lo que eso suponía.

–¿Qué vamos a hacer con Finn? –preguntó Jeff.

–Déjame eso a mí. Quiero ajustar cuentas, pero necesitamos que venga. No puedo ir a Nueva York por si acaso Angel me necesita aquí. Además, estoy dándole vueltas a otra idea.

Jeff y Matt intercambiaron miradas. Seguían sin saber qué planeaba hacer RW con Cuchillo.

Chloe estudió el rostro de su padre.

–¿Cómo vas a conseguir que Finn venga aquí?

–Voy a invitarle a que venga para que vea cómo va el restaurante. Jeff, pídele a tu chef que le prepare una comida que nunca olvide.

–¿Cuándo? Michele no regresará hasta dentro de diez días.

–Michele Cox no va a volver. Esta mañana me mandó una carta de renuncia –dijo RW.

Jeff se volvió tan deprisa que se mareó.

–¿Ha renunciado?

–Eso es lo que pasa cuando le fallas a la gente. Te ha llamado varias veces, pero no le has contestado. ¿No te das cuenta de lo que quiero enseñarte con este proyecto? –preguntó RW con una nota de tristeza en su voz–. La gente del pueblo, nuestros empleados, las personas que queremos… Los Harper no podemos seguir ignorándolos. Así se pierde a los mejores. Esperaba más de ti.

Jeff golpeó con la mano la mesa de billar.

–No recibí sus llamadas, papá.

–Jeff, te compré un teléfono nuevo, ¿no funciona?

–Sí, va bien, es solo que… lo tengo apagado. Estoy harto de las redes sociales.

No quiso explicar que llevaba peor no ver a Michele que los comentarios negativos que se publicaban sobre él.

–¿Lo has escondido al fondo del cajón de los calcetines? –preguntó Chloe.

–Eh, ¿cómo sabes que ese es mi escondite?

–No has cambiado –dijo Chloe sonriendo–. Siempre escondías allí cosas interesantes: gominolas, tebeos, libros… Voy a por el teléfono.

–Explícaselo a Michele –terció Matt–. Es solo un malentendido.

–¿Ah, sí? ¿La has tratado mal, hijo? ¿Habrá visto esas dos páginas del periódico y habrá decidido que no quieres ser otra más en tu lista de conquistas?

Jeff abrió la boca, pero no dijo nada.

–Si quieres que te respeten, tienes que tratar a los demás con respeto. ¿Por qué no aprendes de mis errores en vez de cometerlos tú? Tienes que solucionar esto tú solo, arréglatelas –dijo RW, y se fue como vino.

Matt sacudió la cabeza.

–Tenemos que encontrar a Angel. ¿Estás bien?

No. Su cabeza daba vueltas buscando respuestas. Estaba convencido de que Michele volvería, aunque no pudieran seguir juntos.

–Estoy bien.

–Sí, claro –dijo Matt con ironía–. ¿Sabes lo que veo curioso en estas fotos?

–¿Todavía estás mirándolas? Déjalo ya.

¿Tendría razón su padre? ¿Habría visto las fotos Michele y se sentiría como una más?

–Fíjate, esto es muy curioso –dijo Matt, animado.

–Sí, son un montón de mujeres con las que he tenido citas y de las que ni siquiera recuerdo sus nombres –dijo Jeff, que se resistía a mirar.

–No, tonto, fíjate en ti. En todas estás serio, aburrido, como si estuvieras repasando las tablas de multiplicar mentalmente. Ahora, mira estas dos en las que sales con Michele –le indicó, señalando un par de fotos–. ¿Ves la diferencia?

–Estoy sonriendo.

–Bingo. Son sonrisas auténticas. Se te ve completamente entregado a ella. Eso no lo veo en las otras fotos. Si no te conociera, diría que el tipo que aparece en estas imágenes está enamorado.

Jeff se fijó mejor. En las fotos en las que aparecía con Michele, parecía un hombre diferente, alguien a quien no conocía. Con ella, se sentía una persona diferente.

Una sensación cálida lo invadió. No era amor, era… No sabía cómo llamarlo.

Chloe entró corriendo, sin aliento, y le dio el teléfono.

–Toma, escucha los mensajes de voz y llámala ahora mismo. Haz que vuelva, Jeff.

Se apartó de sus hermanos para escuchar los mensajes. Tenía diez en total. Un nudo se le formó en la garganta después de escucharlos.

–Matt, ¿puedes llevarme a Nueva York en el avión esta noche?

–Por supuesto, vamos a buscarla.

–No, tengo que saldar cuentas con un imbécil llamado Alfieri.

–¿Qué te decía Michele? –preguntó Chloe preocupada.

–Me ha pedido que me case con ella unas ocho veces. Al ver que no llamaba, ha dicho que no quería volverme a ver. Se llevó una desilusión con un hombre y no quiere volver a pasar por lo mismo.

–Habla con ella, hermanito. Sabrás arreglarlo –dijo Matt.

Su corazón le decía que fuera tras ella, que la besara hasta hacerle cambiar de opinión y volviera a casa. Pero su cabeza le decía lo contrario.

–Tiene razón. Le robaría la alegría, la ilusión. No la merezco.

–Que no te la mereces es un hecho. Los Harper somos un desastre con las mujeres. Pero hay una cosa que no puedes pasar por alto –dijo Matt, y rodeó a su hermano por el hombro–. Tu mujer ideal te hace ser mejor persona. Yo soy la prueba. Me despierto cada día asombrado de que Julia vea algo en mí y me acuesto rezando para que siempre sea así. Sin ella, no soy nada. Con ella, me siento fuerte y poderoso, como un superhéroe con toda clase de poderes.

–Ve a por ella –dijo Chloe–. Demuéstrale que la quieres.

No podía, no sabía cómo hacerlo.

Capítulo Diecinueve

Michele estaba decidida a pasar página. ¿Qué otra opción le quedaba?

Le había abierto su corazón y él ni siquiera le había llamado para darle una respuesta.

Le debía mucho a Jeff por haberla ayudado a recuperar su talento en la cocina. Con él había aprendido que no necesitaba contar con el respaldo de un hombre para sentirse segura. Seguía siendo una chef increíble y tenía la fuerza necesaria para cuidarse a sí misma y a su hermana.

Estaba sola, sí, pero no podía pararse a obsesionarse con eso porque tenía tres ofertas de trabajo. Antes de que acabara la semana tenía que decidir cuál aceptar. Su objetivo era ahorrar para abrir algún día su propio restaurante. Tal vez le pusiera de nombre Stickerino, como el caballo del cuento que llevaba a la heroína hasta el tesoro de los piratas.

Cuánto le habría gustado hacer de su pirata su tesoro. Pero no la quería, al menos no lo suficiente. Así que había decidido pasar página y dejar de pensar en él.

Ese había sido su plan hasta que había visto el artículo en el que aparecía besando a Jeffrey Harper en dos fotos. Su breve romance con él sería tema de conversación allí donde fuera. Además, los paparazzi acabarían descubriendo dónde vivía Cari.

Jeff había decidido ir a Nueva York por Alfieri y solo por él. No tenía pensado ver a Michele, pero iba a tener que hacerlo. Tenía su dinero en el bolsillo y quería hacerle una pregunta. Al menos, eso era lo que no dejaba de repetirse para justificar sus motivos para verla.

No quería entusiasmarse. Seguramente lo odiaría por no haberla llamado después de aquellos mensajes tan conmovedores. Además, estaba seguro de que había hecho lo correcto al dejarla marchar. Aun así, todavía deseaba besarla.

Cuando detuvo el coche delante de su casa, vio que había fotógrafos. Por suerte, no estaba en casa, así que puso rumbo hacia la residencia en la que vivía su hermana.

También allí encontró fotógrafos. ¿Por qué demonios estaban molestando a la hermana de Michele?

–¿En qué puedo ayudarlo? –preguntó la recepcionista.

–Estoy buscando a Michele Cox.

Le dijo que acababa de irse con su hermana a las clases de equitación. Le dio la dirección.

Los fotógrafos también habían llegado hasta los establos. Habían llamado a la policía y los estaban sacando del recinto. Cuando uno de los agentes le preguntó a qué había ido, respondió que a recoger a una joven con discapacidad y a su hermana.

–Muy bien, adelante. Estaba a punto de llamar a uno de los chicos para que fuera a rescatarlas.

–¿Rescatarlas?

–Uno de los fotógrafos se coló y empezó a hacer fotos de Cari. No le gustan los desconocidos y empezó a gritar. El caballo se asustó y saltó la valla con Cari en su grupa. Michele salió corriendo detrás y se hizo daño.

–¿Michele está herida?

–Se ha torcido el tobillo y no puede caminar. No puede llegar hasta donde está el caballo de Cari porque hay un terraplén.

–¿Dónde? ¿Puedo llegar hasta allí en coche?

–No. ¿Sabe montar a caballo?

–Sí.

–Entonces, llévese mi caballo. Iría yo misma, pero quiero asegurarme de que estos desalmados abandonan mi propiedad.

Volaría hasta ella si pudiera. Estaba deseando abrazarla y besarla para borrarle tanto dolor.

–¡Qué divertido! Hemos ido tan veloces como Rosie –dijo entusiasmada Cari.

–Sí, ríete. Tu hermana ha estado a punto de romperse la pierna por ir tras de ti.

–Qué mal bailas.

Michele había metido el pie en un agujero y se había torcido el tobillo.

–No estoy bailando. ¿Puedes espolear al caballo y dirigirlo hacia mí? No puedo llegar tan lejos a la pata coja y esta otra pierna… me duele –dijo observando la hinchazón.

–Mi caballo tiene hambre y le gusta esta hierba.

–En los establos tiene mucha comida. Volvamos

para que coma allí y yo pueda ponerme hielo en la pierna, ¿de acuerdo? Acércate aquí para que pueda montar contigo.

—No, pesas mucho. Solo un jinete por caballo.

Michele maldijo entre dientes y trató de sostenerse sobre una pierna, pero era imposible. El caballo de Cari estaba en lo alto de una colina. ¿Cómo iba a llegar hasta allí, a gatas?

—Hola, ¿necesitan que las lleve? —preguntó una voz detrás de ella.

No podía ver al hombre.

—Sí, pero no asuste al caballo de mi hermana, por favor.

Tuvo que hacer equilibrismos para volverse sobre un pie sin acabar cayendo por el terraplén. Cuando por fin lo consiguió, el caballo y su jinete habían conseguido llegar hasta ella.

—¿Alguien ha pedido un *cowboy* de California?

Michele se sorprendió. No podía ser.

—No eres de verdad.

—Díselo a mi caballo —replicó riendo, y se bajó de su montura—. ¿Estás herida?

—No sé si me he roto el tobillo.

Jeff se agachó y le tocó la pierna. Michele se mordió el labio para evitar estremecerse.

«Jeff está aquí. ¿Por qué? ¿Qué significa?».

—No parece que esté roto, pero sí tienes una fisura. Te ayudaré a subir al caballo. ¿Quieres ir delante o detrás?

—Detrás.

Una vez la hubo colocado sobre la silla, pasó la pierna y se colocó delante de ella. Tuvo un dilema. ¿Debería tocarle? Decidió que no por el momento.

–Mi hermana está allí –dijo señalando–. Está fingiendo que no te ha visto.

–Ya lo veo. ¿Qué tengo que hacer?

–Cari, este es un amigo mío que se llama Jeff. Es muy simpático –gritó Michele.

–¡El pirata! –exclamó Cari dando palmas.

Jeff sonrió.

–Cari, ¿quieres venir conmigo y con tu hermana en un avión al castillo de un pirata?

–Sí –respondió entusiasmada–. ¿Ahora mismo?

–¿Qué? –dijo Michele–. No puedes decirle esas cosas.

–Escucha, cariño. He visto a los paparazzi. Estás por todas partes por mi culpa. Deja que yo lo arregle. Si no te ven durante una temporada, acabarán por marcharse.

–Pero mi vida está aquí. Tengo un trabajo que aceptar.

–Y así seguirá siendo si quieres, aunque confío en que cambies de opinión y vuelvas a Plunder Cove para quedarte para siempre. Eso, si aceptas mi proposición. Pero antes vayamos a por tu hermana, ¿de acuerdo?

–No sé con qué tengo que estar de acuerdo.

–Vayamos poco a poco. Primero, rescatemos a tu hermana y a ese terco caballo.

–Muy bien.

–Pero no voy a moverme hasta que no me rodees con tus brazos. Lo primero, la seguridad.

Lentamente, lo rodeó por la cintura. Él tomó su mano y se la llevó al pecho, cerca de su corazón. Le gustaba abrazarlo, a pesar de que sabía que él no sentía lo mismo que ella. El corazón se le partía en aquella situación agridulce. Quería quedarse así para siempre, con la esperanza de que no volviera a decirle que no la amaba.

–Así está mejor –dijo con voz grave–. Te he echado mucho de menos. Por favor, dime que volverás conmigo.

–¿Por qué?

–Porque no sé vivir sin ti. Sigo necesitando un chef y el puesto sigue siendo tuyo, pero te mereces más. Lo que me recuerda que… –dijo y se sacó un sobre del bolsillo lleno de dinero–. Esto es tuyo. He tenido una charla con Alfieri. Estaba deseando pagarte lo que te debía, incluyendo los intereses.

–Eso no es… Ahora sé que no eres real. Me he debido de golpear la cabeza.

–¿Esto te parece real? –dijo tomándole la mano y besándole los nudillos, antes de darle la vuelta y besarle la palma–. ¿Y esto?

–Sí.

Una corriente la recorrió al sentir los besos.

–Estoy muy avergonzada. Nunca debí permitir que Alfieri me tratara así.

–Lo siento, cariño, eso son tonterías –dijo clavándole la mirada–. Te acosaba con sus palabras y actos. No tienes nada de qué avergonzarte. Me alegro de que te alejaras de él y así se lo he hecho saber, aunque no con palabras.

–No le habrás hecho daño, ¿verdad?

–No, aunque no por falta de ganas. Pero creo que mi equipo le va a causar mucho más daño a menos que cambie de manera de actuar. Van a estar entrevistando a sus empleados para asegurarse de que no vuelva a hacer a nadie lo que te hizo a ti.

–Gracias.

–Hay más. Me he enterado de que te ofreció ser su socia en el restaurante y eso me ha abierto los ojos. Necesito un socio para mi restaurante, alguien en quien pueda confiar. Esa es mi proposición: ¿quieres ser mi socia?

–¿En el restaurante?

–¿Qué te parece? Podemos buscar una buena residencia para tu hermana y así estaréis cerca. Es perfecto.

–¿Qué me dices de los planes de boda?

–Tal vez no le guste la idea a RW, pero si aceptas ser mi socia, podré romper el acuerdo que tengo con él.

–¿No te casarás?

–No –contestó–. Tú y yo podremos concentrarnos en nuestras carreras. Puedo cuidar de ti y de tu hermana y juntos podemos montar el mejor restaurante del mundo. Dime que sí.

–¿Y seremos solo socios, nada más?

–Eres muy importante para mí, Michele, espero que te des cuenta. No quiero poner en peligro nuestra relación ni nuestro restaurante. Te necesito.

Ella suspiró. Nunca la amaría. No era la relación que esperaba tener, pero al menos estaría a su lado haciendo lo que más le gustaba.

–Entiendo. De acuerdo.

Apoyó la cabeza en su espalda e inspiró su olor masculino. Justo en aquel momento, el caballo de Cari decidió volver y unirse al de ellos.

–Genial, vámonos al castillo de los piratas.

Capítulo Veinte

Por fin llegó el día. Finn había sido invitado a Casa Larga para conocer el restaurante y probar algunos de los nuevos platos de Michele. RW sabía que aquel desgraciado iría. Finn estaba en deuda con él.

RW lo recibió en la entrada. Al ver su arrogancia, sintió que la sangre le hervía.

—Hola, viejo amigo —dijo Finn tendiéndole la mano.

RW se la estrechó, pero no se la soltó.

—Se supone que solo debías amenazarlo, convencerlo de que dejara ese programa de televisión y volviera a trabajar conmigo. Ese era el acuerdo.

—Pero funcionó, ¿no? —replicó Finn soltando su mano.

—No te pedí que atacaras a mi hijo —le espetó RW.

—¿Atacarlo? —dijo Finn encogiéndose de hombros—. Le mandé mi mejor chica, Jeffrey fue el que perdió los nervios. ¿Qué demonios le pasa?

RW quería lo mejor para su hijo. Había hecho todo lo posible para convencer a Jeff de que diseñara el hotel de Plunder Cove, pero *Secretos bajo las sábanas* se había interpuesto. RW había tomado medidas drásticas para acabar con aquel maldito programa pidiéndole a Finn que obligara a Jeffrey a tomar otro camino. Aquello había sido un error.

–Quiero acabar con esos vídeos y esas fotos, ¿me oyes?

–Lo dejaré cuando tenga en mi poder el episodio que grabó en mi hotel. Ese es el acuerdo.

RW apretó los puños. Sentía rabia.

Chloe apareció por la puerta, poniendo fin a aquel encuentro clandestino.

–Señor Finn, bienvenido. Por favor, sígame al restaurante. Todavía no está acabado, pero la cocina está plenamente operativa y hemos preparado la mesa en el patio –dijo y lo acompañó hasta una mesa.

Jeff salió al patio.

–Finn, no puedo decir que me alegre de verte.

De fondo se oía el sonido de los taladros.

–Tu restaurante es tal y como me lo había imaginado.

–Todavía nos faltan algunos detalles.

–Esto se pone interesante. Estoy por grabar la comida y subir el vídeo a las redes –dijo Finn sacando su móvil.

Tuvo que contenerse para no tomar del cuello a aquel indeseable y echarlo, pero su padre tenía algo planeado que no había querido contarles a sus hijos.

–Como quieras. ¿Qué prefieres, vino blanco o tinto?

–Una copa de cada.

Finn dio cuenta de ambas copas en un abrir y cerrar de ojos.

–Todo listo –anunció Michele.

Jeff tomó el plato. Michele había preparado su

pollo a la *cacciatore*, pero su salsa estaba más buena que la de Alfieri. Un rato antes, se lo había dado a probar a Jeff, que había dado su beneplácito.

Finn tomó un bocado y puso los ojos en blanco.

—Mmm, esto es mejor que el sexo.

Jeff arqueó una ceja y Michele asintió. Desde la cocina, oyeron a Finn. RW había puesto un micrófono en la mesa.

—Segundo asalto —dijo Jeff antes de abandonar la cocina.

—Dale un puñetazo de mi parte —bromeó Michele.

Tenerla como socia de su restaurante iba a ser un sueño hecho realidad. Era una mujer increíble, muy trabajadora y profesional, y preparaba la mejor comida que había probado jamás. Era él el que tenía problemas para concentrarse teniéndola tan cerca. Deseaba tomarla entre sus brazos y disfrutar de los momentos de intimidad. Pero había hecho un trato con ella y estaba decidido a respetarlo por mucho que le costara.

Una relación profesional con Michele no era suficiente. Por primera vez en su vida, quería más. Algo en su interior trataba de abrirse paso y encontrar la fuerza para decirle lo que seguramente había sabido desde el principio, que la deseaba.

Dudaba de que ella sintiera lo mismo, especialmente después de haberla dejado marchar. Debería haber luchado por ella, haberle rogado que se quedara, en vez de ofrecerle una simple alianza empresarial. Lo había estropeado todo.

—¿Qué tal va todo? —le preguntó Jeff a Finn—. ¿Necesitas agua, más vino?

–Más comida. Es lo mejor que he comido nunca –dijo Finn sacudiendo la cabeza, incapaz de enfocar con la mirada–. Has encontrado un chef magnífico.

–Estoy de acuerdo, pero es más que una buena chef. Es mi socia, mi mejor mitad –afirmó, confiando en que ella estuviera escuchando.

–Me alegro por ti. ¿Qué hay de postre?

–Prepárate, porque Michele hace el mejor tiramisú del mundo, con cacao orgánico que se cultiva en Ghana.

–Ya está bien de palabrerías. ¡Tráelo!

Volvió a la cocina. Ya había hecho su parte soportando a aquel ser tan arrogante. Había llegado el momento del golpe de gracia de su padre.

RW se sentó en la mesa, frente a Finn.

–¿Disfrutando de la comida?

–Nunca había disfrutado de platos tan exquisitos. Ha sido una sorpresa muy agradable. ¿Dónde encontraste al chef?

–Jeffrey la encontró, no yo. Pero voy a decirle que no te sirva nada más a menos que dejes de publicar extractos del vídeo sexual de Jeffrey.

–¿Llamas a eso vídeo sexual?

–¿Cómo lo llamas tú?

–No sé, ¿una obra maestra del Photoshop? Es un montaje perfecto. Te apuesto a que nadie adivina cuáles son los fragmentos que añadimos.

–¿Y la mujer? ¿De veras es una camarera?

–No, es una de mis mejores prostitutas. Tiene unas tetas estupendas y un culo perfecto.

Desde la cocina, Michele ahogó una exclamación al escuchar aquello.

–¿Sabías que tenía un burdel en el hotel?

–Algunos de los empleados que entrevisté dieron a entender que algo extraño ocurría –dijo Jeff–. Es un tipo rastrero.

Continuaron escuchando la conversación de fuera.

–Interesante charla –dijo RW–. Ahora que has disfrutado de una fantástica comida preparada por la chef Michele Cox y que has sido el primero en conocer el futuro restaurante de Plunder Cove, quiero pedirte que dejes de chantajear a mi hijo.

–No puedo hacerlo. Todavía no he conseguido lo que quiero. Espera a ver lo que hago en el siguiente fragmento de vídeo. Con unos cortes aquí y allí, todo el mundo pensará que tu hijo es muy retorcido.

–¿Por qué estás haciendo esto?

–Lo sabes. Todavía no ha contado en su programa lo fantástico que es mi hotel. Quiero que la gente crea que es perfecto.

–Quieres que Jeffrey mienta.

–Maldita sea, RW, no puedo permitir que Jeffrey cuente la verdad. He visto en las cámaras de seguridad lo que grabó en mi hotel. Si ese episodio se emite, me hundirá. Tendré que irme de Nueva York. Por eso me inventé ese falso vídeo sexual. Tu hijo es demasiado íntegro como para entregarme esa grabación. No atiende a razones.

–Eso es lo que nos diferencia –dijo RW cruzándose de brazos–. Yo no soy tan íntegro, yo estoy dispuesto a lo que sea por proteger lo que es mío. No me conoces bien. ¡Guardias! Saquen este saco de basura de mi propiedad.

Finn rio.

—Sí, muy gracioso. ¿Dónde está mi tiramisú?

RW sacó la pequeña cámara escondida en el florero y señaló el dispositivo de grabación que había en la botella de vino. Había otro bajo la mesa y un tercero debajo de su silla.

—Parece que esta vez has sido tú el que ha pillado la cámara. Va a ser un estupendo anuncio para el restaurante.

—No te atreverás.

—Voy a publicar la parte en la que hablas de la comida. Si vuelvo a ver un vídeo, un GIF o lo que sea de mi hijo en internet, haré llegar el vídeo completo de esta noche a la prensa. ¿Me entiendes?

—Pero… pensé que teníamos un acuerdo.

—Ahora, sí. Buena suerte, Xander. No me traiciones.

Michele estaba en la cocina, al lado de Jeff, escuchando cada palabra. Cuando Finn pidió el postre, se lo dio a Jeff en pequeños pedazos. Se negaba a darle nada más a aquel impresentable de Finn. Había chantajeado al hombre al que amaba para obligarle a mentir.

—No necesito pedirle a mi productor que me dé el episodio del hotel de Finn —dijo Jeff después de que los vigilantes sacaran a Finn de la casa—. Él solito acaba de sellar su propio destino.

—¡Lo hemos conseguido! —exclamó Michele, y se lanzó a sus brazos.

Empezó a darle besos en las mejillas, el mentón, los labios… Era incapaz de detenerse.

En el fondo sabía que era un error. Habían acordado ser solo socios y había cumplido su palabra hasta esa noche. Pero sus labios eran una mezcla embriagadora de chocolate, canela y ron. Estaban entrando en una espiral fuera de control. Jeff hundió las manos en su pelo y sostuvo su cabeza mientras se devoraban mutuamente los labios.

Apenas se dio cuenta de que la había sentado sobre la encimera. Todos sus pensamientos estaban puestos en aquel hombre. Su lengua se hundió en su boca y sus manos la tomaron por el trasero.

Quería más, necesitaba más. Colocó las piernas alrededor de él y lo atrajo hacia ella hasta que sintió su erección contra sus bragas.

–Michele.

Estaba excitado y ella desesperada.

–Por favor –dijo buscando la cremallera de sus pantalones–. Te necesito.

Se sintió húmeda al escuchar un gruñido de deseo.

Jeff deslizó las manos por debajo de sus bragas y buscó su clítoris. Michele arqueó la espalda cuando sintió que la acariciaba dibujando círculos. Estaba deseando sentirlo dentro.

Quería correrse con él. Se mordió el labio y le bajó la cremallera.

Jeff buscó en el bolsillo trasero y sacó un preservativo. Después de ponérselo, se hundió en ella.

Aquello era perfecto.

Empezó a embestirla y ella se aferró a sus hombros, moviéndose al mismo ritmo que él.

–Michele.

De nuevo, aquel gruñido. Con cada embestida repetía su nombre, sin dejar de mirarla a los ojos.

–Mi Michele.

La llevó a lo más alto hasta que su cuerpo ansiaba con liberarse. Pero se contuvo para correrse a la vez porque llevaba mucho tiempo deseándolo. Quería que aquel momento durara lo máximo posible y guardar cada instante en su cabeza para recordarlo cuando se sintiera sola. Amar a Jeff era hermoso, pero complicado. Sabía que volvería a marcharse porque no podía sentir lo mismo que ella. Era incapaz de seguir los dictados de su corazón y enamorarse.

–Mi dulce Michele –dijo y jadeó junto a su cuello mientras se corría.

Michele se dejó llevar con él.

–No te muevas –dijo él unos minutos más tarde.

¿Moverse? Imposible. Tenía el cuerpo desmadejado.

Jeff se quitó el preservativo y la envolvió en sus brazos.

–Uno de estos días, voy a ir despacio para dedicarte todo el tiempo del mundo.

Los ojos se le llenaron de lágrimas. Jeff estaba pensando en un futuro con ella.

–Despacio, rápido, me da igual siempre que pueda estar contigo.

Daría lo que fuera por estar con él. Tan solo había una cosa que deseaba a cambio: su corazón. Todo su cuerpo vibraba por Jeffrey Harper. No podía contener las emociones por más tiempo.

–Quiero estar contigo, Jeff.

Simple y llanamente lo amaba.

–Aquí me tienes, cariño –dijo y empezó a regarla de besos por el cuello.

Michele tenía la sensación de que quería distraerla y evitar la conversación que se avecinaba. Jeff sabía lo que iba a decir.

–¿De veras? ¿No me apartarás de tu lado porque sigues empeñado en que no querer tener una relación?

–¿Qué quieres que diga?

–La verdad.

–Siempre te he dicho la verdad –replicó, sintiendo un nudo en la garganta.

–No sobre tus sentimientos, esos que ocultas, proteges y escondes. Dime qué sientes por mí, por nosotros. No lo que te preocupa que podamos ser sino lo que somos.

Jeff sacudió la cabeza. Sus ojos azules estaban nublados.

–No quiero hacerte daño, Michele.

–La única manera en que puedes hacerme daño es no aferrándote a lo que es auténtico y especial. Y lo tienes delante de tus propios ojos.

–Michele, esto no es fácil para mí.

–¿Recuerdas cuando dijiste que querías sentir algo real? Siente esto –dijo llevándole la mano a su pecho–. Por favor, Jeff necesito conocer al hombre que tengo delante, un tipo maravilloso digno de ser amado. ¿No lo ves tú también?

No contestó de inmediato. Levantó la cabeza hacia el techo y dejó escapar una exhalación.

–Cuando me miro, veo a un tipo que está centrado. Centrado en un restaurante y en abrir un hotel –dijo acariciándole el brazo lentamente–. A su lado tiene a una preciosa e increíble chef que va a poner nuestro restaurante en el mapa. No quiero estropearlo todo.

Pues acababa de hacerlo. Estaba dispuesta a arrancarse el corazón del pecho y entregárselo a un hombre que le había advertido que no podía amarla. No podía seguir así.

–Ser la jefa de cocina de un restaurante de cinco tenedores no es suficiente. Quiero y necesito más de ti. Me gustaría que pudieras vernos como yo nos veo.

Hasta que Jeff fuera lo suficientemente valiente para creer en ellos, Michele tenía que hacerse a un lado. No iba a renunciar al trabajo que tanto le gustaba, pero tenía que renunciar al hombre al que amaba.

Sentía un gran dolor, casi como el que había sentido cuando su madre había muerto. No podía respirar, pero podía mover las piernas.

–Michele, espera –dijo saliendo tras ella.

Siguió caminando porque no quería verlo ni oír sus palabras. Nada de aquello era auténtico para él, nunca lo sería.

–¡Detente! Por favor, no te vayas, no quiero perderte.

Michele se volvió y se sorprendió al ver la tristeza de su mirada.

–No me voy. Me gusta la idea de que pongamos en marcha este restaurante juntos. Es solo que no puedo seguir contigo si no consideras un futuro conmigo. Es demasiado doloroso.

–Esto no se me da bien, Michele. Nunca antes he tenido una relación y no quiero decepcionarte.

De hecho, lo que quiero es protegerte de la prensa, de mi familia, de mí…

—¿De ti?

—Sí, no te merezco —dijo y se acercó sin apartar la vista de sus ojos—. Nunca te he merecido, pero lo cierto es que te deseo más de lo que nunca pensé que fuera posible —añadió tomándola por la cintura—. Sin ti, no soy yo. Por favor, dame una oportunidad para mostrarte lo que siento.

La atrajo hacia él y la besó. Michele sintió que todo a su alrededor empezaba a dar vueltas. Después de unos minutos, Jeff se apartó y la miró a los ojos con la frente apoyada en la suya.

—¿Has sentido eso? Te quiero, Michele.

Ella parpadeó, conteniendo las lágrimas.

—¿Me quieres?

—Sí, con todo mi corazón —respondió emocionado—. Soy un desastre, cariño. Nunca antes había sentido esto. Lo que hay entre tú y yo es muy intenso, es un fuego que nos consume, un deseo irresistible. Lo nuestro es cálido y dulce. Tu cercanía me sana. Cuando te marchaste, conocí lo que es el sufrimiento. Te necesitaba y no podía pensar con claridad. Me asustaba admitirlo, me asustaba no reconocer en quién me convertiría si sucumbía a tu amor. No quiero hacerte daño como se lo hicieron mis padres.

—Eso no pasará porque no eres como ellos. Tú, Jeffrey Harper —dijo abrazándolo con fuerza—, eres mío. Encontraremos la manera de resolver esto juntos.

Lo rodeó por el cuello y atrajo sus labios a los suyos.

—Yo también te quiero —dijo cuando por fin se separaron para tomar aire.

—Eso hace que el siguiente paso sea más fácil. Tenía algo planeado para esta noche. Llevaba días preparándolo, pero voy a tener que adelantarlo.

—¿De qué se trata?

—De un crucero al atardecer por la costa hasta nuestra playa, con una fogata, champán y esto —dijo sacando una pequeña caja de un bolsillo.

Michele ahogó un grito y Jeff tomó su rostro entre sus grandes y cálidas manos.

—Quiero ser el hombre que esté a tu lado, tu compañero de vida. Quiero dormirme al ritmo de tu respiración y despertarme abrazado a ti. Eres mi inspiración y mi motivo de alegría, mi razón para vivir. Quiero hacerte feliz y amarte para siempre. Me has enseñado a amar y estoy dispuesto a hacer lo que haga falta para seguir aprendiendo —dijo e hincó una rodilla en el césped—. Michele Cox, ¿quieres casarte conmigo?

—Sí, claro que sí, Jeff —gritó, antes de caer de rodillas y besarlo en los labios.

Epílogo

El pequeño grupo entró y tomó asiento en la pagoda nupcial de Seal Point en la que Jeff y Michele habían tenido su primera cita. Las olas rompían abajo mientras Jeff rondaba la parte trasera del restaurante para mirar a hurtadillas a su futura esposa.

Cari estaba en el umbral de la puerta, cambiando el peso de un pie a otro, haciendo volar el bajo de su vestido.

–Hola, señorita. ¿Dónde está tu hermana?

–Ahí dentro. Me ha dicho Michele que no puedes entrar.

–Venga, solo un vistazo rápido, tal vez incluso un beso.

–Dile a ese caballero que está ahí fuera que se ahorre sus besos hasta que pronuncie el sí, quiero –dijo Michele desde dentro–. ¡Y nada de espiar!

–Dice que…

–Sí, sí, ya he oído a esa mujer tan mandona. Te voy a dar el beso a ti.

–Ahora vas a ser mi hermano mayor.

–Lo estoy deseando –dijo Jeff, y la besó en la mejilla–. Bueno, dile a mi amor que se dé prisa. Estoy deseando que salga y se convierta en mi esposa.

–¡Vete de aquí! –exclamó Chloe al verlo allí–. Trae mala suerte. Y no querrás estropearle el maquillaje de los labios –dijo y le dio un beso–. Te quiero, hermanito. Anda, vete.

–Muy bien, ya estoy cansado de tantas mandonas. Voy a entrar.

–¡Jeff!

Pasó veloz junto a su hermana y a Cari hasta la estancia donde se estaba preparando Michele. Estaba tan guapa que se quedó sin respiración al verla.

–¿Sigues queriendo casarte conmigo? –preguntó Michele–. Todavía estás a tiempo.

–Cariño, nunca he deseado algo tanto. Te quiero con todo mi corazón, no lo dudes nunca.

La besó y estropeó la pintura de sus labios.

Se hacía tarde para la boda, pero no le importó. Quería besar a su novia. El resto podía esperar.

Ya en la pagoda, sintió mariposas en el estómago. Por fin Michele iba a ser suya.

–Lo conseguiste, hermanito –dijo Matt, dándole un codazo–. Sabía que era la mujer ideal para ti.

–Todos lo sabíamos –convino RW.

Jeff se tomó unos segundos para analizar a su padre. Se le veía contento, pero se adivinaba cierta tensión alrededor de su boca y sus ojos porque Angel no había vuelto a casa. Nadie sabía dónde estaba.

Matt tenía algunos contactos en el FBI que le habían comentado que RW estaba trabajando con ellos para dar con Cuchillo. A Matt no le gustaba la idea, pero Jeff comprendía ahora que un hombre era capar de hacer lo que fuera para proteger a su mujer y traerla de vuelta a casa. Tenía la sensación de que todo aquel asunto de Finn había surgido como una idea de su padre para hacer que volviera a casa. Aquel hombre era un genio maquinando.

Si no hubiera conocido a Michele, estaría furioso en vez de inmensamente feliz.

La música comenzó a sonar y Jeff estiró el cuello para ver llegar a la mujer de su vida. Estaba deseando comenzar su nueva vida de casado y continuar aprendiendo a amarla día tras día.

Justo en aquel momento, llegó un coche al aparcamiento y la puerta de atrás se abrió. No pudo ver quién era, pero percibió cierta tensión en el ambiente. RW se puso rojo como un tomate y sus ojos se llenaron de furia. Matt se puso pálido y se quedó rígido.

¿Quién era? Jeff seguía sin poder ver a nadie.

Una silueta se bajó del coche y se dirigió hacia ellos. Entonces supo de quién se trataba.

–¡Demonios! –exclamó Jeff volviéndose hacia Matt–. ¿Quién ha invitado a mamá?

No te pierdas, *El último escándalo*,
de Kimberley Troutte,
el próximo libro de la serie
Secretos junto al mar.
Aquí tienes un adelanto…

Sexo ardiente y salvaje.

Eso era lo que transmitía el hombre que se estaba bajando de la limusina. Y música arrobadora. Si Nicolas Medeiros fuera una canción, sería un son brasileño, de ritmo sensual y letra pegadiza, imposible de sacárselo de la cabeza.

En la entrada del *resort* de Plunder Cove, flanqueada por sus dos hermanos, Chloe Harper tuvo un momento para estudiar a Nicolas mientras esperaba hablando por teléfono a que el conductor sacara su equipaje. Llevaba las mangas de la camisa remangadas, dejando al descubierto unos brazos musculosos y bronceados. Sus pantalones oscuros acentuaban su estrecha cintura y llevaba la chaqueta del traje colgando de un hombro. Era la versión adulta del rompecorazones del que Chloe Harper se había enamorado hacía mucho tiempo.

−¿Estás bien? −preguntó su hermano Jeff al verla abanicarse, y la rodeó con su brazo−. Parece que estás a punto de desmayarte.

−¿Tú también? −preguntó Matt, el hermano mayor, observándola−. Julia puso esa misma cara esta mañana cuando le dije que Nicolas Medeiros iba a venir al pueblo y se iba a alojar en el *resort*. ¿Cuál es el problema?

−Él es el problema −susurró Chloe.

Nicky M, que había sido en su día una estrella del pop, se había convertido en un importante productor que había descubierto a algunos de los cantantes más exitosos. Era toda una leyenda y, más que eso, era… su Nicky M. Con once años, todas las noches besaba su póster antes de irse a la cama. Había sido su salvador cuando nadie se preocupaba por ella. En aquel momento, su admirado ídolo se dirigía a la entrada del *resort* de su familia con su característico movimiento de caderas. Si le causaban buena impresión, firmaría un contrato para hacer allí su próximo programa musical.

Como directora de actividades del *resort*, era la encargada de enseñarle las instalaciones. Su familia confiaba en ella para convencerlo, por lo que iba a tener que pasar bastante tiempo con él.

Sin querer, emitió un extraño sonido desde el fondo de su garganta.

—Vaya, te ha dado fuerte —bromeó Matt—. Tal vez deberíamos encargarle la misión a otra persona.

—¡Ni se te ocurra! —exclamó, elevando el tono de voz.

Nicky M, o mejor dicho, el señor Medeiros, su huésped, dirigió la mirada hacia ella.

—Relájate, Chloe —le dijo Jeff—. Papá quiere que consigas cerrar el acuerdo y yo también. Medeiros y su productora son imprescindibles para dar a conocer el *resort*. Tienes que convencerlo de que nos necesita.

—¿Y se supone que con ese comentario me tengo que relajar? —preguntó Chloe dirigiéndole una mirada asesina.

Matt rio.

Su compromiso había sido un accidente, pero entregarse a la pasión era deliberado...

FARSA APASIONADA

Cathy Williams

Matías Silva era un magnate dominante cuyas relaciones nunca duraban demasiado porque lo que le interesaba en la vida era ganar dinero. Hasta que su dulce amiga de la niñez, Georgie White, le confesó que le había contado a la madre de él que eran novios. Matías, que nunca hacía nada a medias, decidió que, si tenían fingir, lo harían bien, y se asegurarían de que la farsa fuese convincente. Pero al descubrir la inocencia de Georgie aquella relación ficticia se convirtió, de repente, en algo inesperado y deliciosamente real.

Acepte 2 de nuestras mejores novelas de amor GRATIS

¡Y reciba un regalo sorpresa!

Oferta especial de tiempo limitado

Rellene el cupón y envíelo a

Harlequin Reader Service®
3010 Walden Ave.
P.O. Box 1867
Buffalo, N.Y. 14240-1867

¡Sí! Por favor, envíenme 2 novelas de amor de Harlequin (1 Bianca® y 1 Deseo®) gratis, más el regalo sorpresa. Luego remítanme 4 novelas nuevas todos los meses, las cuales recibiré mucho antes de que aparezcan en librerías, y factúrenme al bajo precio de $3,24 cada una, más $0,25 por envío e impuesto de ventas, si corresponde*. Este es el precio total, y es un ahorro de casi el 20% sobre el precio de portada. !Una oferta excelente! Entiendo que el hecho de aceptar estos libros y el regalo no me obliga en forma alguna a la compra de libros adicionales. Y también que puedo devolver cualquier envío y cancelar en cualquier momento. Aún si decido no comprar ningún otro libro de Harlequin, los 2 libros gratis y el regalo sorpresa son míos para siempre.

416 LBN DU7N

Nombre y apellido	(Por favor, letra de molde)
Dirección	Apartamento No.
Ciudad	Estado	Zona postal

Esta oferta se limita a un pedido por hogar y no está disponible para los subscriptores actuales de Deseo® y Bianca®.
*Los términos y precios quedan sujetos a cambios sin aviso previo.
Impuestos de ventas aplican en N.Y.

Bianca

La protegería con su vida y
la veneraría con su cuerpo....

EL GUARDAESPALDAS QUE TEMÍA AL AMOR

Chantelle Shaw

Cuando Santino Vasari fue contratado como guardaespaldas de la rica heredera Arianna Fitzgerald, supuso que se encontraría con una niña mimada y consentida. Pero la hermosa Arianna lo desconcertó por su inesperada vulnerabilidad, y lo atrajo por su carácter indómito. A solas en la casa de campo de Santino en Sicilia, descubrieron que entre ellos había una tensión sexual electrizante. Y, cuando Santino descubrió hasta qué punto Arianna era inocente, luchar contra la tentación que representaba se convirtió en una labor titánica.

DESEO

Boda secreta

JESSICA LEMMON

Después de un nuevo escándalo, lo único que Stefanie Ferguson
podía hacer para salvar la carrera política de su hermano era
casarse. Por suerte, el mejor amigo de este estaba dispuesto a
ayudarla. Hasta aquel momento, Emmett Keaton había distado
mucho de resultarle siquiera simpático. Sin embargo, inespe-
radamente, tras los votos que intercambiaron, se desató entre
ellos una pasión que ambos parecían haber estado negando
durante largo tiempo.